记忆遗产系列科幻小说之六

记忆遗产之六合归一

吴宗群 著

金城出版社
GOLD WALL PRESS
·北京·

图书在版编目（CIP）数据

记忆遗产之六合归一 / 吴宗群著. — 北京：金城出版社，2019.5
ISBN 978-7-5155-1854-1

Ⅰ. ①记… Ⅱ. ①吴… Ⅲ. ①科学幻想小说 - 中国 - 当代 Ⅳ. ①I247.5

中国版本图书馆 CIP 数据核字（2019）第 075797 号

记忆遗产之六合归一

作　　者 吴宗群
责任编辑 雷燕青
开　　本 880 毫米 × 1230 毫米 1/32
印　　张 5.25
字　　数 80 千字
版　　次 2019 年 5 月第 1 版
印　　次 2019 年 5 月第 1 次印刷
印　　刷 三河市百盛印装有限公司
书　　号 ISBN 978-7-5155-1854-1
定　　价 32.00 元

出版发行 **金城出版社** 北京市朝阳区利泽东二路 3 号
邮编：100102
发 行 部（010）84254364
编 辑 部（010）84250838
总 编 室（010）64228516
网　　址 http://www.jccb.com.cn
电子邮箱 jinchengchuban@163.com
法律顾问 北京市安理律师事务所（电话）18911105819

引　言

千万年来，人类生生不息，给后人留下了无尽的遗产与宝藏，唯独最宝贵的记忆，却不能成为遗产留给后人，以致每个人来到这个世界上时，大脑中只是一片空白，必须通过学习才能系统地掌握某个领域的专业知识与技能。

为此，每个人学习新知识需要耗费将近三分之一的生命，甚至毕其一生！即便如此，我们也不可能获取所有知识，更不可能掌握宇宙的奥秘。

而这一切，正是一个离地球最远的奥密伽 7 星人所为，他们主宰着宇宙间的一切，堪称宇宙的霸主。他们为宇宙间不同的星球设置了不同的功能；当他们赋予地球各种生命时，对人类预先做出了记忆存储与删除的设计，旨在控制地球生灵的智慧极限，以免威胁到自己宇宙霸主的地位甚至奥密伽 7 星人的存亡。

然而，地球上一个小男孩的意外出现，让奥密伽 7 星人急剧恐慌，也让地球上几大巨头国家陷入纷争。

一场关于记忆遗传基因密码的争夺战，在中、美、埃及以及奥密伽 7 星球之间展开……

目 录

第八十六章　稳住卧底

上海南京西路，功德林素菜馆。

宴会大厅内张灯结彩，人头攒动。

大厅中央的舞台后侧摆满各式花篮，把一幅巨大的红底金色的“寿”字簇拥在中央。近看可以发现，大“寿”字是由一百个正、草、隶、篆等不同字体的金色小“寿”字组成的。

舞台上，四位身着中国旗袍的漂亮姑娘，分别用二胡、琵琶、竹笛和中阮，演奏着轻柔舒缓的民族经典乐曲《彩云追月》。

一个挨着一个的大圆桌，一直排到门口。客人们坐在桌前，彼此寒暄，相互问候，轻声交谈。

95 岁高龄的黄先生，在女儿的陪同下专程从广州赶来。他坐在主桌前，陶醉在优美的音乐声中。《彩云追月》的旋律中有着化不开的岭南风韵，随着优美的旋律，他的手指轻轻地在桌面上叩击着。

A3 装扮成餐厅经理，早已安排“大觉计划”特别行动队队员守住酒店的各个出口。他们有的身着服务员制服，为到场的嘉宾领位、斟茶倒酒；有的西装革履，混在宾客中间，貌似静候庆典开始，实则时刻注意着所有人的一举一动；有的穿着安保服装，帽子上装有微型高清摄像头，在后台、上下台口、贵宾休息室、化妆间、卫生间等地方巡视。

几位经过特殊训练、身手不凡的女特警，此时变成身材婀娜多姿、说话燕语莺声的服务员，为彼德、伊娃和亲属等所在的贵宾休息室提供专职服务。

袁主任看看表，走上舞台，挥手示意四位奏乐的姑娘撤到台后，然后双手下压，示意宾客安静。他拿过麦克风，用略带吴侬软语的普通话说道：“各位来宾，你们好！请大家不要误会，我不是今天宴会的主持人，因为主持这场非同寻常的宴会，我不够专业，更没有资格。那么，就请各位用热烈的掌声，请出让你们终生难忘的重量级主持人！”

“重量级主持人，会是谁呢？”“肯定是中央电视台的著名主持人，或者地方台的台柱子啊。”宾客们的兴致被吊起来，纷纷低声猜测。

宴会厅灯光转暗，一束红色追光灯照在舞台上，欢快热烈的迎宾曲随之响起。

赵步蟾身着藏青色唐装，轻挽妻子荷茜款款走到舞台中央。荷茜身着一袭剪裁得体的奥地利风格紫色晚装，胸前的施华洛士奇水晶吊坠在灯光照射下璀璨夺目。今天，他们联袂担纲司仪，用中英双语主持父亲的百岁寿宴。

两位年届七旬、银发飘逸、精神矍铄的老人优雅地站在舞台中央，一起向台下深深鞠躬。台下顿时爆发出一阵阵雷鸣般的掌声。

赵步蟾扫视会场一周，用充满磁性的声音说道：“各位尊敬的来宾，中午好！今天是家父的百岁寿辰，承蒙各位抬爱，在百忙之中来到这里，为家父庆祝百岁华诞。”

荷茜虽然出生在奥地利维也纳，却能用一口标准的伦敦英语，字正腔圆地如实翻译。

台下又是一阵经久不息的掌声。

赵步蟾接着说：“我谨代表家父和我们全家人向莅临今天庆典的各位来宾，致以最热烈的欢迎和最真诚的感谢！”

荷茜纯正流畅的英语，对懂英语的人来说，绝对是一种享受。

面对高朋满座的会场，赵步蟾干脆利落，不再啰嗦："我们不是今天的主角，现在就让我们用热烈的掌声，请出今天的老寿星、我最最敬爱的父亲赵笃甫先生！"

乐队奏起欢快的《步步高》。

在喜气洋洋的音乐声中，一头银发、满面红光、神清气爽的赵笃甫，身穿刺绣着大团寿的红缎子唐装，步履轻盈地走到台上，向台下各位来宾拱手致谢。

来宾的热烈掌声，变成清晰的节拍，和着《步步高》的音乐，向台上这位走过一个世纪的尊者致敬，向这位毕生悬壶济世的仁者致敬。

赵笃甫连连冲各方拱手，待掌声平息后，他平缓有力地说道："各位亲朋好友，谢谢你们的光临。我真没有想到，转眼之间我已经是个百岁老人。我也由衷地希望在座各位，年年有今日，岁岁有今朝，让我们每年都有机会见证更多百岁老人过生日。在这里，我再次感谢曾经、现在和将来关心、帮助过我的亲人和朋友！"

台下又响起一阵热烈的掌声。

掌声过后，赵笃甫继续说道："人生百年，去日苦短。我此生最大的心愿有二：一是想收一个具有潜质的关门弟子，让我倾尽毕生心血的《黄帝内经》养生之道和祖传绝学后继有人。”

赵笃甫此话一出，赵步蟾便满脸羞涩。作为儿子，不能继承父亲的衣钵，悬壶济世，造福世人，以致百岁高龄的父亲夙愿未了。更让他感到无地自容的是，在父亲的百岁庆典上，父亲竟然让这些社会名流给他推荐徒弟。这让人不得不联想，他这个本该近水楼台先得月的儿子，是如何让父亲失望！

突然，一双温暖的手轻轻抚摸着他的后背。荷茜发觉他浑身不自在，暗中抚慰他。

赵笃甫似乎没有注意到赵步蟾的尴尬，继续说道："我真诚地感谢上海市卫计委的领导，在上海中医药大学的研究生中遴选出三名天赋凛然的孩子，让我从中挑选。经过我的严格考核，认为他们个个优秀，全部合格，我都收了！"

三名赵笃甫的亲传弟子，将来就是三位名医。这是中医界的幸事、百姓的幸事，在座各位又一次自发鼓掌。

一男两女三位学生，一律身着汉服，在袁主任的带领下，来到赵笃甫面前，行跪拜导师之礼。

大礼之后，每人手持《黄帝内经》，同声宣誓："为医者，当以仁心、仁术造福于民；刻苦钻研，学业精进，继承中华医术，弘扬中华医道！"

宣誓完毕，赵笃甫将三位爱徒扶起，拥到身边，一起躬身向全场嘉宾致谢。

掌声过后，赵笃甫朗声说道："中国道家有言，一生二，二生三，三生万物。原本我只求一个弟子，没想到上苍赐给我三个。看来弘扬中华医道，指日可待。今天，我还要了却一份心愿。"说罢，他转身向站在台口的赵亚文示意。

赵亚文手捧一卷蓝色线装古籍，快步走上舞台。

赵笃甫接过赵亚文递过来的线装善本，高举过头，说道："这是我家祖上珍藏数百年的《黄帝外经》第十二卷《心篇》善本，今天，我将它无偿捐赠给上海中医药大学图书馆。希望更多的医者、仁者从中受益，惠泽天下百姓，也希望更多的人能像我一样，健健康康地活到百岁！"

台下又是一阵经久不息的掌声。

在袁主任的引导下，上海中医药大学校长与赵笃甫刚才收下的三个弟子，恭恭敬敬地接过《黄帝外经》第十二卷《心篇》。

在座各位都没有想到，赵笃甫的百岁华诞庆祝宴会，竟然成了收弟子、捐善本的盛会，把一个生日庆典变成了公益慈善活动。

虽然令人感动的场面迭出，"大觉计划"特别行动队队员却不敢有丝毫放松。

原计划在彼德和伊娃举行完订婚仪式后，他们就对伊娃采取行动。现在看来，他们只能等到庆典结束后再相机行事了。

美国华盛顿杜勒斯国际机场。

“猎鹰”和吉茜卡下了飞机，登上一辆专车直奔五角大楼办公室。

五角大楼地下三层。支撑大厦的四万多根水泥柱，让人感觉仿佛进入水泥森林。遍布在水泥柱中间的办公室，犹如迷宫中的方盒子，考验着进入者的辨识能力。

一路上，吉茜卡和“猎鹰”都不说话，两双优质军靴底下发出“咔咔”的声音，让无人的走廊显得无比的空旷和漫长。

看着一根根毫无规律可循的水泥柱，吉茜卡突然觉得，此地似曾相识。她的“蓝颜”好像带她来过这里。那次，他们从地下停车场到他的办公室，好像也在这样的走廊里走了很长时间。

在走廊尽头一间办公室门前，“猎鹰”站下，双眼直直地瞪着门，接受红外线对虹膜扫描后，厚重的铝合金门缓缓打开。

“这是您的办公室吗？”吉茜卡实在没想到，“猎鹰”的办公室居然隐藏在五角大楼地下。

“请吧，吉茜卡！”“猎鹰”没有回答吉茜卡，而是像主人一样，热情地招呼她在客厅沙发前坐下。“奥莉维亚，准备两杯咖啡。”他刚喊出这句话，便意识到奥莉维亚已经去了中国，于是尴尬地拍拍头，又摇摇头。

已经落座的吉茜卡，轻盈起身，直奔接待区，在墙角茶几上取出咖啡包、咖啡杯，熟练地把它们放在咖啡机上，然后在操作面板上按下“两杯”键。不一会儿，屋里就弥漫起浓郁的咖啡香味儿。

“不好意思，招待不周。”习惯接受助理服务的“猎鹰”满脸歉意地对吉茜卡说。

“没事儿。您的助理不在，就让我客串您的临时助理吧。”吉茜卡莞尔一笑。

“猎鹰”赶紧连连摆手：“真诚求您放过，我哪敢接受 FBI 旧金山分局局长的服务啊！再者说，您那位‘蓝颜’，我实在惹不起，分分钟就能让我莫名其妙消失的。”

见“猎鹰”提到“蓝颜”，吉茜卡脸上的笑意顿时消失。她没有接“猎鹰”的话茬儿，走向咖啡机端来两杯咖啡放在茶几上，反客为主地示意“猎鹰”在自己对面的沙发前坐下。

“猎鹰”意识到自己失言，尴尬地嘿嘿一笑，在沙发前坐下，不敢直视吉茜卡。

“您的上峰，如此紧急地召回我们，应该有重要的指示吧？”吉茜卡快人快语，单刀直入。

“他已经知道我们入境，很快就会与我们联系。”“猎鹰”王顾左右而言他。

“那就耐心等待吧。”吉茜卡端起咖啡杯，优雅地闻了闻咖啡的香气，然后轻轻呷了一口，“这应该是产自加勒比海或者是中美洲的特级蓝山咖啡。这种咖啡选择了与纯正蓝山咖啡风味属性相似的中美洲高海拔地区的咖啡豆。”

见“猎鹰”专注地听她讲，她再次呷了一口咖啡，继续说道：“还与牙买加蓝山咖啡产区的咖啡进行调配，再经过特殊的烘焙程序，所以它无论在风味与口感方面，都与纯正的牙买加蓝山咖啡非常近似，只是——”

“只是什么?”“猎鹰”追问道。

吉茜卡微微一笑，岔开话题，环视办公室，摇摇头说：“只是喝咖啡的环境不对，心情也不对，有点儿……”

聪明无比的“猎鹰”，知道吉茜卡所言不实，她是在嘲讽自己竟然喝这种“伪蓝山咖啡”。他不但没有生气，反而对眼前这个生活如此精致、气质如此优雅的女人刮目相看。

突然，一丝男女独处必然产生的“邪念”在“猎鹰”心底油然而生，但就在那一瞬间，他就用定力把这种想法扼杀在萌芽之中。他知道，大难当头，丝毫的大意，都会将地球上的人类置于万劫不复之地。如果自己真能躲过此劫，眼前这个女人，也许真能成为他精致的“红颜知己”。

“叮咚”，办公桌上的传真机自动启动。一阵“沙沙”响声过后，传真纸携带一行字出现在“猎鹰”面前：今晚7点，千禧酒店22层总统套间，约会“蓝颜”。

看到传真纸左上角特殊的标志，“猎鹰”清楚，这是上峰下达的指示。他细细琢磨着指示内容，顺手把传真纸递给吉茜卡。

吉茜卡看罢，抬头用询问的眼神看着“猎鹰”。“猎鹰”对她点点头，示意她按指示行动。

千禧酒店是一家全球连锁的五星级百年老店。洛杉矶总部酒店，就是著名的电影奥斯卡奖的诞生地，也是各国总统、政要、名流在洛杉矶下榻的首选。尤其22层的总统套间，曾是美国总统肯尼迪与著名好莱坞影星梦露幽会的地方。

上峰在华盛顿DC安排这种档次的酒店见面，绝对是照顾“蓝颜”的身份。毫无疑问，上峰这么安排，就是想以吉茜卡作诱饵，引蛇出洞，以便“猎鹰”率领属下对“蓝颜”采取“稳住”措施。

“猎鹰”正在考虑采取什么办法达到“稳住”目标的要求时，口袋里的手机开始振动。这部手机是他和上峰的专线电话。

他拿出手机一看，屏幕上显示一条信息：今晚我将到场，具体如何“稳住”目标，一切听从我的现场指挥。

“上峰亲临现场，自己可以松口气了。”看到信息，

“猎鹰”确实松了一口气。想想也对，任务如此重大，上峰也该现出真身了。

“猎鹰”揣好电话，端起咖啡杯走到吉茜卡身边，轻轻地呷了一口，讨好地附和道：“手艺确实不错，你说得也不错，喝此咖啡的环境和时间都不对。”

“那就走吧！”吉茜卡放下咖啡杯，站起身，整理一下制服，拉起行李箱，和“猎鹰”走出办公室。

“猎鹰”带领精兵强将，和吉茜卡提前入住千禧酒店。

华盛顿 DC 的千禧酒店其主体设计、装潢风格，和洛杉矶总部酒店完全一样，总统套间也设在 22 层。进入总统套房，必须通过大堂旁 VIP 大厅的直达电梯。

总统套间内，靠房门位置是警卫大厅，再往里是侍卫室。紧邻侍卫室是一间就餐、会议两用的豪华大厅。大厅房顶悬吊着一盏硕大、奢华、精致的水晶灯，灯下是一张可容纳 20 位嘉宾就餐或开会的巨型椭圆长桌。

今天，这个大厅内，要举办一场温馨浪漫的烛光晚宴。套房经理早就命人在大厅四周摆满洁白的合欢花，花香溢满整个房间。吉茜卡最爱的蓝色妖姬，插在餐桌中央。餐桌上的银质餐具，在水晶灯的映照下熠熠生辉。

穿过豪华客厅，是一个多功能厅。这里有一个碧波荡漾的小型游泳池，水流速度可以任意调节，像一台水中跑步机，可供人健身。泳池左侧，有一条十几米长绿色高尔夫球推杆练习球道，右侧摆满跑步机等健身器材。

再往里，就是套间主卧室。主卧室比其他豪华卧室多出一项功能，大床左侧有一条随时开启的秘密通道，既可以直接进入直达大堂的电梯，也可以直接到达楼顶直升机泊位。

“猎鹰”的属下乔装打扮，分别控制住了酒店包括楼顶停机坪在内的所有出入口。

晚上 7 点，“蓝颜”却未能如约而至。

第八十七章　相机行事

华盛顿 DC，千禧酒店 22 层的总统套间。

同样散发着芬芳气息的背景音乐是爱尔兰风笛演奏的《漫步神秘园》，乐曲空灵缥缈，恬静深远，这也吉茜卡的最爱。

沉浸在美妙的乐曲声和令人陶醉的百合幽香中，吉茜卡百感交集。眼前的场景是她一次次承诺，等到初恋情人罗伯特归来时精心设置的幽会环境，然而，他们却从未有机会享受过这种如梦似幻的场景。

耳畔空灵缥缈的爱尔兰风笛曲《漫步

神秘园》，再次勾起她痛苦的回忆。

罗伯特的葬礼仿佛就在昨天。葬礼上，她坚持用这首乐曲作为葬礼中的挽歌……热泪，几乎要夺眶而出。此刻的她，真想依偎在亲人的怀抱中痛痛快快地大哭一场。然而，作为一名资深特工，她清楚自己当下的形势，绝对不允许有丝毫的儿女情长。她悄悄地拭去眼角的泪水，迅速调整好情绪，抬手看了看腕表，已经是晚上7点10分。

吉茜卡顿时从回忆的痛苦中清醒过来。

这太反常了！往常，只要她主动约“蓝颜”，他总会提前到达约会地点；如果他主动约她，他也会早早地在约会地点等候。

今天，是吉茜卡主动与他约会，他不仅没有准时到达约会地点，而且过了约定时间也没有任何信息，没有做出任何解释。

吉茜卡心中不由得泛起阵阵疑虑。她轻轻在耳坠上按了一下，开启了与“猎鹰”的秘密通话系统。

“稍安毋躁，再等等。”“猎鹰”听出吉茜卡的焦虑和疑虑，简短地回复。

几乎就在同时，吉茜卡坤包里的海事卫星电话振动。她拿出一看，显示屏出现一行短信：

“7点30分，希尔顿酒店VIP－3商务套间。”

希尔顿酒店与千禧酒店仅隔两个街区，步行10分钟就可以到达。但是，“蓝颜”为什么要临时更改约会时间和地点？是他嗅到这次约会的不祥气息，还是意识到这是“鸿门宴”？是背后潜藏的“内鬼”走漏了风声，还是……

“蓝颜”没有像往常一样准时到达约会地点，却临时更改约会时间地点，自己要不要赴约？这背后是不是潜藏着更大的阴谋和风险？吉茜卡不敢轻举妄动，再次按动自己的耳坠。

“猎鹰”收到吉茜卡发来的信息后，沉吟了半晌。更改时间、地点，必然让局面完全处于失控状态，也面临着更大的风险，也让三国联席会议拟定的“稳住计划”将出现更多的变数。但是，有一点可以确信的是，如果对方真正获悉了他们这次行动的情报，或者嗅出了其中的味道，应该脱钩而去，但现在他反过来约吉茜卡，只能说明他还想从吉茜卡身上获取他需要的东西。

“让不让她去？”“猎鹰”的大脑中高速运转着，权衡着。从三国联席会议制订的总体计划出发，哪怕有万分之一的可能性，也应该毫不犹豫地让她去。因为，这将关系到人类的生死存亡。但是，现在明摆着的是，她此去凶多吉少。就凭她多次留给自己的惊喜，以及她身上始终散发着的那种女性魅力，他除了有一种怜香惜玉的恻隐之心，还多了一份依恋之情。

时间不允许他多想，不得已，“猎鹰”打开了上峰的对讲系统。

“希尔顿酒店？七点半？”上峰也迟疑了半晌，看来他在考虑如何应对下一步。“让她按照‘蓝颜’指定的时间、地点赴约！”

“猎鹰”立即向吉茜卡转达了上峰的指示。很快，吉茜卡独自一人走出千禧酒店大堂，请服务生叫来一辆出租车。

这是一辆黑色的凯迪拉克出租车。司机是一个黑人小伙，他专业地在酒店门口停稳车，下车走到吉茜卡身边，一只手麻利地为她拉开后座车门，一只手轻轻遮在车门上沿。待吉茜卡上车后，他打了个响指，走向驾驶室。

他为这单生意感到意外。这么短的距离也要打的士，这些有钱人真任性！

他正疑惑间，一张绿色百元大钞塞到他手中。他打了个呼哨，一脚油门，黑色的凯迪拉克出租车便转出酒店，驶到了第一个红绿灯口，正好遇上红灯。待红灯转绿，他猛一启动，刚行驶到十字路口中央，突然从右侧方向急速驶来一辆红色玛莎拉蒂豪华跑车，以一百多公里的时速斜插过来。顿时，出租车被撞得在原地转了个180度角后侧翻在地，玛莎拉蒂跑车却绝尘而去。

顿时，警笛声、消防车的警报声、医院急救车的蜂鸣声响成一团，事故现场四周被警方拉起了警戒线。

当“猎鹰”向吉茜卡转达了上峰的指示后，他心中就漾起一种不祥的预感。他在酒店大堂看到吉茜卡义无反顾地从22层总统套间专用电梯口走出来，奔赴约会地点执行任务。他跟踪着她，在酒店门口目送她登上出租车，在十字路口遇到红灯停下来。

在酒店门口，他又接到上峰指示，不惜一切代价，保护好吉茜卡！

这对“猎鹰”而言是一个全新的严峻挑战。他的属下已经全部安排在千禧酒店，现在突然将他们调到另一个地方，这么大的动静，很容易暴露行动计划。如此一来，非但保护不了吉茜卡，相反会增加她的危险。

想到此，“猎鹰”决定只身前往，相机行事。

但是，这显然有悖于上峰的指示。此刻，他的军人职业操守与个人情感矛盾地交织在一起。左右为难之际，他转念一想，上峰不是说他就在现场吗？都到了这种紧要关头，也该露面和他商量一下紧急对策吧？

他刚想拨打上峰的专线电话，十字路口便传来连串的刺耳警笛声，直刺他的耳膜。前一秒钟，他还看到那辆出租车安全地停在十字路口。

“猎鹰”发疯似的向十字路口冲去。

当他赶到事故现场时，一名荷枪实弹的警察，面对他这名试图闯入事故现场的不速之客，粗暴地举起枪托，示意他立即离开。

此时，一群媒体记者扛着“长枪短炮”拥入现场，手中麦克上面标有醒目的CNN、ABC等著名媒体标志。负责警戒的警察竟然对他们熟视无睹，任其进进出出。

受此启发，“猎鹰”愤怒地掏出自己的军官证，试图冲进现场。他的手刚伸入上衣口袋，口袋里的手机就响起来。

上峰发来最新指示：“不要越俎代庖，火速带领你的人前往圣玛丽医院！”

“是，头儿！”“猎鹰”无奈地向自己的手下传达命令。他想与冷酷无情的警察计较时，却发现两辆救护车已经载着受伤的司机和吉茜卡呼啸着向最近的医院急速驶去。

再过几个街区应该就是圣玛丽医院。他口中反复地默默念叨着吉茜卡，吉茜卡……一向以冷峻著称的他眼中溢满泪水，紧咬嘴唇强忍着悲痛，心中不停地叩问：自己从第一眼看到这个女人，心中就隐隐埋下了恋情的种子？还是她一次又一次地与众不同，让自己在情感的泥淖里越陷越深？不过，直到此刻，他才真正从内心深处感觉到，他已经深深地爱上了她。老天为什么这么不待见自己，她刚刚在自己心中点燃爱火，却无端地遭遇到不测？

“请立即离开这里！”全副武装的警察走到他面前打

断了他的思绪。此处确实不宜久留，毕竟他还站在马路中央。

“猎鹰”回过神来时，再次回想起上峰的指示，“带领手下火速赶往圣玛丽医院！”

当他细细回味这条指示时，却发现疑点重重：难道我的一举一动也在监控之中？要不，上峰怎么知道我在事故现场，且打算直接进入？这是一场意外交通事故，还是蓄谋已久的陷害？再说了，受伤的吉茜卡难道需要这么多人赶到医院保护，自己这一干人马是执行生擒“蓝颜”任务的！更加令他不满的是，险情重重，上峰好歹也在现场，为什么始终不肯露面？

“猎鹰”毕竟是军人，当以服从为天职，尤其是当人类处在生死存亡的紧要关头，更需要他不折不扣地执行上峰的命令。

他迅速调整好情绪，快步赶回酒店后门的总统特别通道。座驾悍马 H8 已经发动引擎待命，后面两辆特种装甲车上也坐满了荷枪实弹的特种兵，只待他一声令下立刻出发。

“猎鹰”跳上座驾，通过对讲机命令：“出发！目标圣玛丽医院！”

一干人马绝尘而去……

上海功德林素菜馆。

赵笃甫的百岁华诞庆典正在热烈祥和的气氛中进行着。

A3 和伺机而动“大觉计划”特别行动队队员，也被现场的气氛感染了。只是，彼德和伊娃订婚仪式没有举行之前，他不可能采取任何“稳住”伊娃的行动。

此刻站在台上的赵笃甫，举目向台下望去，新朋老友济济一堂，不由得让他心潮澎湃。他走向舞台中央，即兴赋七绝诗一首：

大江东流三千里，
中华医学有人继。
但得仁者满天下，
人人康寿与天齐。

赵笃甫的即兴赋诗博得台下阵阵掌声和喝彩声。他双手抱拳，冲台下深鞠一躬：“老朽不才，文学不精，更谈不上赋诗，只能算是打油而已。谢谢各位亲朋好友抬爱，更谢谢各位今天拨冗参加老夫百岁寿宴！今天略备水酒，下面就请各位尽兴享用，吃好、喝好。”

赵笃甫宣布开席，也就意味着仪式结束了。袁主任想冲上去打断他，因为彼德和伊娃的订婚仪式还没有举行呢。不过，这也难怪，为了给赵笃甫一个惊喜，负责主持今天寿宴仪式的赵步蟾夫妇根本不知道还有这个程序。

从北京赶来的卫局长此刻正站在袁主任身边。他看出了袁主任的意图，一把拉住她。此时，乐队已经奏起了欢快热烈的《喜洋洋》乐曲。一位身穿大红旗袍的礼仪小姐，手托一杯葡萄酒送到赵笃甫身边。

赵笃甫意气风发地接过酒杯，面向台下："再次感谢各位光临，老夫先干为敬！"说完，他豪爽地高举酒杯一饮而尽。

台下所有宾客也立即起身，高举酒杯，大声祝贺："百岁生日快乐！"

事已至此，再强行插入彼德与伊娃的订婚仪式显然会搅乱现场气氛。卫主任低下头，对袁主任耳语道："等酒过三巡再宣布，作为席间第二个高潮不是更好嘛！"

袁主任不由得暗暗称赞。卫局长不愧是从"帝都"来的，见多识广，随机应变。这么调整，效果似乎更佳。对于赵笃甫和宾客而言，更是一个"惊喜"。

分布在四周的"大觉计划"特别行动队队员，也被突然的变化弄蒙了。他们得到的命令是，赵笃甫捐赠善本之后，将进行彼德与伊娃的订婚仪式。两位新人退场后，再实施"稳住"行动，否则，不得擅自行动。即便仪式举行完毕，也必须听从 A3 的指挥。

意外的是，赵笃甫一时心潮澎湃，即兴赋诗，再次掀起现场高潮，而且，他还直接宣布开席了。更意外的是，因为这个变故，袁主任失去了宣布彼德与伊娃订婚仪式的机会。至于什么时候再有机会宣布，包括 A3 在内的所有人都陷入懵懂之中，他们根本不知道卫局长和袁主任临时商定的计划。

上海行动小组组长周强与 A3 都身着功德林素菜馆工作制服，隐在现场的四周。周强焦急地与 A3 交换一下眼神，A3 用手在胸心口做了一个下压的手势，示意他沉住气……

第八十八章　特工被劫

美国华盛顿 DC，希尔顿酒店。

发生在千禧酒店不远处十字路口的交通事故只是一起小型车祸。对于美国主流媒体而言，也就是一个花边新闻而已。值得人们关注的是那辆肇事后绝尘而去的红色玛莎拉蒂跑车。当晚，CNN 在滚动播出的新闻中，播出了事故现场的视频和记者在圣玛丽医院出租司机病床边的采访报道：

“今晚 7 点 20 分左右，在我市第四十大道和林肯大道的交叉路口，一辆黑色凯迪拉克出租车与一辆红色玛莎拉蒂跑车发生交通事故，导致出租车侧翻，司机身受重伤，左臂和右腿粉碎性骨折。据医生诊断，他的生命体征正常。同车乘客是一位女士，她头部遭受严重创作，现在处于昏迷之中。由于她身上没有携带任何证件，身份尚不明确。据现场监控视频显示，肇事车辆没有悬挂车牌，事发后逃逸，警方正在缉拿嫌犯……”

这条新闻播出时，插播了现场监控视频的画面。

希尔顿酒店 VIP－3 商务套间。

客厅内餐桌中央的花瓶里同样插着一枝娇艳欲滴的蓝色妖姬，一瓶刚刚打开的法国阿格玛丽荷红酒正放在冰筒中醒着。“蓝颜”一边在房中焦躁地来回踱步，一边不时看着腕表。他脑海里无数个疑问像一把把无形的钩子一样钩着他。

吉茜卡突然放弃北京高密级会议，匆匆赶回美国，让他从中嗅到一丝不祥。按照常理，这种高密级会议，能够参加绝非易事，中途退出更难。对吉茜卡而言，中途突然离开，一旦会议内容泄密，她将成为被怀疑的重要对象；对会议组织者而言，同意一个已经参加高密级会议的人中途离开，也绝对是因为另外一个更加机密的原因，才能做出如此决定。

再说了，通常约会都是自己主动，吉茜卡对他总是保持着一种若即若离的态度。这次她突然从北京返回美国，并没有回到她的地盘旧金山，而是直接来到华盛顿DC约见自己，多种蹊跷让老奸巨猾的他在接到她的盛情邀请时不得不多了个心眼儿。

于是，他临时出招，将约会时间、地点更改。

他很清楚，千禧酒店与希尔顿酒店同属五星级酒店，且仅隔两个街区，步行只需十几分钟。他看了看腕表，已经接近8点，吉茜卡不但没有准时赴约，甚至连一个电话也没有，此刻他更加证实了自己的猜测，既暗暗庆幸自己的决策英明，又忐忑不安地做出若干种设想。焦躁之时，他无奈地再次拨打吉茜卡的电话，无人接听。

隐隐中他又增添了几分狐疑。

突然，客厅墙壁上的电视荧屏上，CNN滚动播出的社会新闻吸引了“蓝颜”。他摁动遥控器的回放键，完整地看完了这则社会新闻。画面中受伤的女士，面部被打上了马赛克。但是，一个特别的细节引起了他的高度警惕。他再次回放，当画面中出现昏迷的女乘客躺在病床上的时候，虽然脸部被马赛克遮住，但他却看清了女士项链下的一枚吊坠。这是他送给吉茜卡的造型特别的吊坠，从施华洛世奇厂家定制，造型应该是世界唯一的。更为特别的是，在紫色水晶做成的四叶草背后，隐藏着一个微型通信芯片，这是他和吉茜卡单线联系的专用通信工具。

看到吊坠，结合事故发生的时间和地点，他摁下定格键，画面定格在那枚紫色水晶四叶草的吊坠清晰地呈现在他的面前。

“这受伤的人一定是吉茜卡！该死的玛莎拉蒂跑车！”

面对突发情况，他的大脑又被无数疑问占据，并且飞快地运转着。如此惨烈而蹊跷的交通事故，仅仅是一种巧合，还是早有预谋？如果有人预谋，又会是什么人，为什么这么做呢？眼下，他心爱的女人在这个特殊时间遭此横祸，他是去医院探望，还是不去？此刻正是吉茜卡最需要他的时候，也是潜在危险最大的时候。

“隼：不惜一切代价，保护彼德女友。”

昨天，他第三次通过暗物质中子传输系统，以思维意识电波的方式接到来自奥密伽 7 星球的密令。此刻，这条密令又在他耳畔回荡着。

他心里很清楚，眼下他唯一的任务就是保护好彼德身边的一名女性卧底，那是法相汉娜亲自交代的任务。必要时，哪怕付出他的生命，也绝不能让彼德的女友受到任何伤害，包括情感上的伤害；彼德女友叫什么，长什么样子，他都不知道；为什么要下如此血本，甚至不惜牺牲自己的老命也要保护她，他更不知道。如果说，像他这样级别的卧底，还没有资格知道这个任务背后真正的动机，可见被保护对象信息的密级之高了。尽管如此，至少也应该让他知道保护对象的名字和长相吧？自从彼德被奥密伽7星人绑架后放归地球，有关彼德的任何信息在任何媒体上都荡然无存，这和曾经风靡一时的“记忆超人”独霸媒体头条的反差也太大了。

有关彼德女友的问题，他在接受指令时没敢多问。因为他早已获悉，彼德已经偕同女友和父母前往上海，为彼德的太爷爷庆贺百岁华诞，这更让他感到鞭长莫及。

凭着多年鞍前马后效劳奥密伽7星人的经历，他很清楚，跟宇宙霸主根本没有讨价还价的余地，只能无条件执行。

这一切未知的东西，唯有见到吉茜卡才能弄清楚。然而，吉茜卡却正躺在圣玛丽医院的ICU病床上，命悬一线。他反复权衡利弊得失后，还是决定铤而走险。

中国上海南京西路。

功德林素菜馆的宴会大厅。

此刻，赵笃甫的百岁华诞宴会已经进入了高潮。袁主任在卫局长的暗示下，心领神会地放弃了她原来的打算，在来宾席暂且就座。在这种场合下，她肩负着宴会策划人、“东家”、彼德与伊娃的“红娘”的角色，最后一个角色还没扮演，她怎么能心安理得地坐下用餐呢？

她婉拒了卫局长的邀请，转身跑到后台。后台的侧幕旁，彼德和伊娃正在亲密地低声交谈。他们按照袁主任的安排候场。

身穿婚纱的伊娃今天显得格外迷人，金色的鬈发性感地洒在洁白的婚纱上，平添了几分妩媚。彼德身着深紫色晚礼服，洁白的领口上系着紫玫瑰领结，同样显得英俊潇洒。此刻，他俩十指相扣，只等袁主任一声召唤，就会走上舞台惊艳亮相，为太爷爷的百岁华诞增加一抹亮丽的色彩，给太爷爷送上一份特大惊喜。

他们听到赵笃甫在台上举杯向所有来宾祝酒，《喜洋洋》乐曲将现场气氛推向高潮，感觉宴席已经开始了，然而他们却没有听到袁主任的召唤。他们正疑惑时，只见袁主任风风火火地迎面走来："孩子，等太爷爷和来宾酒过三巡，我们再给他们一个惊喜。你们要是饿了，我让工作人员先给你们拿些点心垫补一下？"

"不饿，袁阿姨！谢谢侬！"彼德一边娴熟地用上海方言回答她，一边用眼神试探性地征求伊娃的意见。

伊娃虽然没有听明白彼德和袁主任讲什么，但是她已经明白，自己和彼德的订婚程序改动了，需要滞后一些时间。

她俏皮地向袁主任伸出戴着白色手套的手，轻轻摇了摇，表示"没有关系"。

"You look so beautiful today（你今天看起来真漂亮！）"。

袁主任见两个孩子如此安静地候场，又如此善解人意地主动承担自己的失误，她用英语给伊娃真诚地点赞，上前一步亲热地拥抱伊娃，用脸颊在她脸颊上轻轻贴了一下。

按照事先拟定的宴会程序，台下的 A3 和周强知道赵笃甫捐赠善本后的环节便是彼德与伊娃的订婚仪式，他们可没有闲情见证两个年轻人的幸福时刻，只想利用这个机会，以绝对妥善的手段“稳住”彼德和伊娃。然而，事情的发展并没有按照写好的剧本进行。总控视频上，各个监控点位上的特警也是一脸茫然。A3 果断下达命令：“待命!”

希尔顿酒店 VIP－3 商务套间内。

“蓝颜”伸手摁下床头电话上的绿色按钮。那是为 VIP 提供餐饮的直线服务键。

在电梯口，两个侍者礼貌地让一位金发女郎进入 VIP 直通电梯。

几分钟后，两个侍者和金发女郎一同走出 VIP－3 商务套间。

圣玛丽医院的外科综合楼。

“猎鹰”已经在所有通道口部署了便衣特警。吉茜卡因为脑部受伤，处在深度昏迷中。此刻她正躺在 ICU 重症监护病房内，头部戴着一套金属网状的脑电图监视器。

医院的安保监控室内环形屏幕上，外科综合楼的边边角角都一览无余。“猎鹰”安排好所有警戒点位后，在医院安保队长的陪同下，来到吉茜卡所在的ICU重症监护病房前。

隔着厚厚的玻璃窗，“猎鹰”看到吉茜卡那张美丽的脸庞已经变得十分苍白，微微上扬的嘴唇一点血色也没有，倒是洁白的床单也没能掩盖住她胸部高耸的迷人曲线，随着她轻微的呼吸律动着。此刻的“猎鹰”恨不得冲进去，深情地拥抱她。然而，他不能。他既不能贸然进入，更不能擅自放弃自己肩负的重任。他带着深深的遗憾和眷恋离去，和保安队长再次回到安保视频监控室。

突然，所有监控屏幕上同时出现了雪花似的画面，模糊得几乎什么都看不清楚。警报器像是临终前的悲鸣一样，只发出短促的一声提示音就戛然而止了。

透过模糊的画面，“猎鹰”从监控ICU病房的主屏上，依稀看到了一位身材颀长的金发女郎，正向ICU重症监护室走来。她身后有一对年轻男女，若即若离地跟着她。

三个行动诡异的来者引起“猎鹰”的高度重视。他一边拿起步话机，通知所有警戒人员，密切监视三个不速之客，一边命令就近的警卫和安保人员迅速赶往ICU

病房。

在ICU病房楼梯口，警卫和安保人员被眼前的一幕惊呆了。那位金发女郎竟然悄无声息地直接穿过了ICU重症监护室厚厚的双层玻璃墙，向吉茜卡的病床奔去。紧随她身后的那对男女，也如影随形地跟着她穿越了厚厚的玻璃墙。

说时迟，那时快，不待“猎鹰”下令，十几个全副武装的警戒人员手持激光枪冲向ICU病房。也就在此时，一道炫目的蓝光，笼罩了整个ICU病房和楼道，十几个警戒人员顿时失去了知觉，固化成前一秒钟的状态；与此同时，监控屏上的雪花变成闪动的黑白条纹。

“猎鹰”透过监控视频也感受到了那阵炫目蓝光的威力，强大的能量把他从座椅上直接掀到墙角。短暂的失忆后，他勉强睁开眼支撑着坐起来时，看见所有监控屏幕上只有闪烁不定的黑白条纹。他下意识地拔出手枪，茫然四顾，助手也被强大的能量甩到桌子下面，头部鲜血汩汩直流，大概是被桌角磕破了。“猎鹰”连忙扯下助手的衬衣衣袖，专业而迅速地帮他包扎好伤口，拉着他冲出监控室，向吉茜卡所在的ICU重症监护室跑去。

病房内，只剩下一张空空如也的病床

在通往ICU楼层的电梯口，他看到电梯运行到天台的A层。那是医院急救直升机起降平台。

“猎鹰”刚想呼叫隐蔽在楼顶的警戒人员，便听到头顶传来巨大的直升机引擎轰鸣声。

当他沿着消防通道爬上楼顶露台时，只见一架救护专用的直升机已经腾空而去。十几名保持着追赶姿势的警戒人员，显然也是炫目的蓝光所致。

望着腾空而去的直升机，“猎鹰”愤怒地连开三枪。他为自己的失责感到羞耻，也为没能保护好心爱的女人感到羞愧。

枪声惊醒了露台上警戒人员，个个如梦初醒般向两眼充满血丝的“猎鹰”跑来。此刻，他们可能还处在失忆的状态，不知道前一秒钟发生了什么，只见自己的头儿扔掉手枪，沮丧地瘫坐在地，痛苦地用双拳敲打着脑袋。

口袋内一阵强烈的震动警醒了“猎鹰”。他稍做镇定，掏出电话，摁下接听键。

“收队！我们低估了对手，他们太强大了！”

显然，经过这场短短几分钟的较量，已经让上峰领教了对手的强大。这种实力如此悬殊的较量，几乎无可追责。原来设计的以吉茜卡为诱饵的“钓鱼计划”，非但没有将“鱼”钓到，反而让吉茜卡落入对方手中。

“猎鹰”拿出步话机，大声命令道：“全部都有，收队！”

第八十九章　双双落空

奥密伽 7 星球安全总部。

埃它领命前往科研总部。西格玛与西塔守着监控设备，注视着过期的“实时信息”不敢掉以轻心。在时间上，这些信息已经滞后了，即便过期，也比啥都不知道强一些。西格玛让西塔把监控屏幕切换成四联屏，以便同时关注地球上中国北京、上海和美国华盛顿以及埃及的金字塔。这样，他多少还能知道人类已经干了什么。

突然，右上角的屏幕上出现一道强烈的蓝色闪光，刺得让他们睁不开眼睛。西格玛揉揉昏花的老眼，半晌都看不清眼前的景象。

蓝色闪光持续一段时间后，西塔定睛细看，却发现美国华盛顿一家医院的楼顶天台上，一个左手食指冲天的身影，在蓝光的掩护下，和另外一男一女簇拥着一个担架，登上了一架涂有红色十字的直升机腾空而去。

紧接着是“猎鹰”气急败坏地朝天连开三枪。

“怪了，怪了！”西塔一边惊呼，一边试图摇醒昏睡中的西格玛。

西格玛被西塔推醒后，稍稍定神后，询问西塔：“这——这——蓝色闪光哪——哪来的？”

“美——美——国的华盛顿DC，一家医——医院。”

爷孙俩被蓝色闪光刺激得再次犯了口吃的毛病。西格玛见西塔刚刚改掉的毛病在自己的误导下又犯了，长叹了一口气，调整好情绪说道：“别急，孩子——慢——慢告诉我，你确定蓝色闪光来自美国华盛顿DC的一家医院？”

“是的，爷爷，来自一家医——医院的楼顶。”

西塔总算恢复了常态，还没有来得及把自己看到的奇异情景告诉西格玛，西格玛便急切地问他：“埃它不是去了科研总部吗？怎么，动用超强蓝光干扰系统他已经得心应手了？”

“怪了，怪了！爷爷别急，刚才您没有看到，有一个稍纵即逝的场景，太令人不可思议了。”

“怎么啦，你们又跟地球人干上了?”

“不，不是。爷爷，我可以保证，刚才的超强蓝光绝对不是埃它搞的，一定是医院天台上那个左手食指冲天的人发出来的。”

听到西塔的解释，西格玛内心泛起一阵阵疑虑。

左手食指冲天，仅仅从身形和姿势判断，只有拥有第四维度修为的奥密伽7星人，才能运用体内内功，以西格玛家族祖传的“冲天指”调集天地间的阴阳电荷，产生巨大的脉冲能量，形成瞬间的爆炸性冲击波，进而对人类的视觉、听觉及至大脑的意识进行干扰。人类不可能催发出这种超强蓝光，难道是祖上安插的卧底行动了?

更让西格玛疑惑的是，如果真是如此，这个能制造超强蓝色冲击波的神秘人物便不可小觑。埃它多次催发超强蓝色冲击波时，他几乎近在咫尺，也没有被蓝光眩得七荤八素。而眼下，这股来自地球的超强蓝色冲击波威力太大了，他都承受不了。他下意识地又揉揉眼睛，仿佛还没有从眩晕中完全走出来。

西格玛深深地吸口气，再次调整状态，突然又一个疑虑占据了他的大脑。

这种超强蓝色冲击波什么时候催发的?自己的监控设备不是处在信息滞后的状态吗?他清清嗓子问西塔：“这也是地球上几天前的信息吧?”

西格玛一问，西塔也意识到这个问题了。埃它正因监控信息滞后赶往科研总部求助，现在他早该到了，马上联系他问清楚情况。

“嘿，伙计，什么情况?”西塔按动右肩上的对讲机，呼叫埃它。

“嘿，西塔兄弟，我刚刚离开科研总部，马上就回去了。哦，这事儿怪了，最近他们也发现监控视频信息经常出现滞后现象，但是，不知道什么时候就莫名其妙地变成了实时信息，经常反复。”

埃它啰啰唆唆地自言自语，气得西塔一肚子火，喝令道：“直接说结果!”

“西塔兄弟，我不是说了嘛，没结果！谁也不知道监控设备什么时候犯病，不过……”

西塔实在压不住心中的怒火，但又忍不住想尽快了解“不过”后面的具体内容，只得好言问道：“兄弟，都什么时候了，别扯用不着的，快说结果。”

埃它压低声音说道：“西塔兄弟，据罗他分析，发生这种状况的原因只有一个，那就是我们监控设备所使用的防干扰传输信号系统，受到超强思维脑电波干扰才会出现这种信息滞后现象，而能发出这种超强思维脑电波的人，只限于女皇家族成员。”

“女皇家族成员?”西塔被罗他的分析震惊了。首先，他相信这种分析绝对不是罗他妄言，也只有他有条件接近法相汉娜和女皇家族的人；同样，也只有他才能拥有足够的科研证据得出这个结论。但是，罗他把如此高密级信息告诉埃它，难道他不担心后果吗？

见西塔沉默，埃它压低声音说：“西塔兄弟，你太实在了！罗他之所以告诉我这些，你还不明白什么意思吗？”

“什么意思？”西塔传承了西格玛家族耿直豪爽的性格，根本不善于觉察政治漩涡中的尔虞我诈。当然，他更不善于洞悉盘根错节的政治脉络。他只能木讷地问埃它。

“哎呀，罗他的意思有两个，一个是信息滞后就滞后呗，别说科研总部修复不了，汉娜也没有那个本事，因为这关乎女皇家族，谁也碰不得；再说了，要问导致监控设备监控信息滞后的原因，必然涉及女皇家族哪位成员，我们更不敢刨根问底。”

见埃它如此解释，西塔仿佛明白了许多。他正在细细咀嚼埃它的话外之音，只听背后喊道：“嘿，西塔兄弟，我回来了。”

西塔转身看见埃它正恭恭敬敬地向西格玛行礼复命：“尊敬的西格玛先生，我刚从科研总部回来，他们的监控设备也时常出现信息滞后现象。据罗他将军分析，这种状况……这种状况……是因为我们内部人干扰所致，无法修复，更无法清除故障根源。”

埃它吞吞吐吐的样子让西格玛感到很不爽，他一边用犀利的眼神盯住埃它，一边反问道："内部人干扰？难道奥密伽7星球真的出现了内鬼，我们还惹不起他？"

西格玛犀利的责问让埃它左右为难。西塔看出他的难处，悄悄走到西格玛身边，低声解释："别再为难埃它了。事关女皇家族的人，你就假装不知道吧。"

"女皇家族的人？假装不知道？"西格玛拍案而起，双手反剪，来回快速地踱步，陷入沉思之中。

上海功德林素菜馆宴会大厅内。

欢快热烈的《喜洋洋》乐曲声中，宾客已经酒过三巡。正当众人酒酣耳热之际，卫局长轻轻拍了拍身边的袁主任，示意她时机到了。

袁主任用餐巾纸擦了擦嘴，从坤包中拿出化妆包，对着镜子整理一下妆容后，绕到后台，看到彼德和伊娃依然甜蜜地十指紧扣，静静候场。她伸出右手，对他们做了个"OK"的手势。负责音频的工作人员马上把麦克递给她。她款款地走向主台中央。全场灯光转暗，一束追光跟着她。她用略带吴侬软语的普通话说道："各位尊敬的来宾，再次感谢大家的光临！你们的光临让赵老先生的百岁华诞更加完美！"

台下报以一阵热烈的掌声。

袁主任继续说道："谢谢各位！古语道，人生百年，如梦如幻。今天，我们也给赵老先生的百岁华诞准备了一份如梦如幻的大礼！"

坐在台下的赵笃甫正和三位刚收下的弟子相谈甚欢，听到袁主任如此说，他也不由得瞪大了眼睛，心中暗暗期待着这份神秘的大礼。

按照袁主任的安排，赵亚文夫妇和刚从美国赶来的伊娃的父母，已经被领到主台的上台口。

"在揭晓这份神秘大礼之前，让我们用热烈的掌声先请出四位特别嘉宾，他们是赵亚文夫妇和卢克夫妇！"

卢克夫妇先行登台，赵亚文夫妇紧随其后，站在袁主任身后。

"请允许我给各位介绍这四位特别嘉宾。这是刚从美国赶来的卢克夫妇，是彼德女友伊娃的父母；这两位大家已经很熟悉了，他们是今天老寿星的孙子赵亚文和孙媳妇依莎贝拉。"

台下又是一阵热烈的掌声。掌声中，大家似乎已经意识到接下来的"惊喜"是什么了，于是再次鼓掌。

袁主任不得不再次请求大家静一静："下面，就请出今天这份'大礼'的两位主角，彼德·赵和伊娃·卢克！"

乐曲声中，彼德和伊娃依然十指紧扣，并肩缓缓走向舞台中央时，舞台顶部纷纷扬扬地落下五彩缤纷的鲜花花瓣。他们上台后，恭恭敬敬地向双方父母鞠躬行礼，然后站到袁主任身边。

袁主任说：“今天，我荣幸地向各位宣布，赵老先生的曾孙彼德·赵将和他青梅竹马的女友伊娃·卢克举行隆重的订婚仪式，也希望各位嘉宾亲眼见证这对年轻人一生中最幸福的时刻！”

听到这个消息，台下的赵笃甫激动得老泪纵横。他用泪水模糊的眼睛，久久凝视着台上的曾孙，不相信眼前的一切是真实的。

袁主任用中英双语为彼德和伊娃主持订婚仪式：宣读订婚誓言，向双方父母致礼，彼此交换戒指……最后，在全场热烈的掌声中，由赵步蟾夫妇陪同着赵笃甫一起走上舞台。彼德和伊娃一左一右站在赵笃甫身旁，亲热地挽着他。一家人在众多来宾的见证下，留下了一张幸福的全家福照片。

“谢谢各位来宾百忙之中拨冗参加我的百岁生日；更要谢谢各位和我一同见证了我的曾孙和曾孙媳妇的订婚仪式。请接受我们全家人的真诚感谢！”赵笃甫说完，双手紧紧搂着彼德和伊娃，带领全家人向台下来宾深深地鞠躬。

此时，A3 和周强来到下台口。

台上，赵步蟾夫妇一左一右站到赵笃甫身边，替换彼德和伊娃。众人待赵步蟾夫妇搀扶赵笃甫离开后，陆陆续续走下舞台。此时，A3 却发现，彼德和伊娃已经逆向从上台口走到后台。等他赶到后台却发现，他们牵手进入化妆间。

这是可以理解的。伊娃身披婚纱，脚踩高跟鞋在后台站了好几个小时，一定特别累，他们一定是进入化妆间更换礼服。

宴会大厅里又响起了热烈的乐曲声和推杯换盏的欢笑声。

化妆间门口的 A3 和周强丝毫不敢懈怠。A3 递给周强一个眼神，周强立即通过对讲机命令所有人在岗待命。

过了十来分钟，A3 觉得彼德和伊娃该换好衣服了。他正寻思间，突然听到化妆间里传出“咣当，嘭”的声音。他循声定睛一看，化妆间的门被风吹开了后，又“嘭”的一声关上。

A3 抢前一步来到化妆间门口，礼貌地敲了敲门。见里面没有动静，他推门一看，彼德和伊娃不见踪影。婚纱和礼服好端端地挂在门式衣架上，窗帘在风的吹拂下高高地飘扬着。

A3 从敞开的窗口探头望去，窗下是一条几乎没有过往行人的偏僻弄堂，两旁石库门的老式住宅鳞次栉比。地下是铺满青石板的小道，石缝里钻出瘦弱的小草……

A3 顿感事情不妙。同时跟进来的周强也连连叹息：

“逃逸了，一定逃逸了！”

他们一边命令手下立即守住饭店所有出入口，一边追赶到饭店大门口。门外是繁华的南京路，路上是摩肩接踵的行人。他们若想从两千万人口的上海找到两个人，简直如大海捞针！

上海的“稳住计划”以失败告终。

北京的A2和吴岳一分钟前刚刚收到美国方面传来的坏消息，不仅没有“稳住”“蓝颜”，反而被“蓝颜”绑架了吉茜卡。

紧接着，上海方面的坏消息接踵而至，彼德和伊娃同时逃逸，不知去向。

一时间，无数疑团紧紧缠绕在A2心头。彼德和伊娃为什么中途突然“逃逸”？难道他们听到了什么风声？难道他们是一伙？他们又会逃到哪儿去呢？

一面是奥密伽7星人即将对人类采取最严厉的报复行动；一面是两路人马无功而返，还搭上了一个吉茜卡。

A2有点沉不住气了，他拿起量子卫星电话，准备给所有人下达一条命令。

坐在一旁的吴岳凭借他多年对肢体语言的研究，感到A2将做出不太理智的决策。

他一把按住A2的手，缓声问道：“你想作何安排？”

一句话让A2从失态中清醒过来。对手如此强大，派出去执行“稳住计划”的美国“猎鹰”和A3都非等闲之辈，失败不是偶然的。既然事已至此，他更应该冷静地倾听美国、埃及以及中国专家的判断。

第九十章　进退两难

奥密伽7星球安全总部。

西塔、埃它从来没有见过西格玛发这么大的火，他们低着头，相互看着。

“嘿，埃它，你怎么又用超强蓝光干扰系统和地球人干上了？”西格玛劈头盖脸地问了令埃它摸不着头脑的问题。

埃它愣了半天才回过神来，嘟嘟哝哝地答道：“没，没有啊。不，不会啊。我玩这种蓝光总会事先和西塔商量的。西塔兄弟，你是最清楚的吧？”

“爷爷，我刚才不是已经告诉您了嘛，

您看到的那个超强蓝光，绝对跟埃它无关。”西塔没有想到，西格玛这个时候又拿出蓝光和埃它说事儿，连忙帮埃它开脱。

“这么说，超强蓝光不是埃它所为，难道除了西格玛家族的人，还有人能催发超强蓝光干扰系统？”西格玛问。

一句话问得西塔和埃它无言以对。西格玛见他们被自己问得畏首畏尾，理性告诉他，作为长者和首领，不该在下属和晚辈面前如此失态。他稍做镇定，换成平静的语气问道：“埃它，我不管监控信息的滞后是不是女皇家族成员暗中所为，你告诉我，现在我们收到的信息是滞后的，还是实时的？”

“报告，尊敬的西格玛先生，应该是实时的。”埃它小心翼翼地回复。

没等埃它说完，西格玛的怒火似乎又被点燃了：“应该？那刚才收到的超强蓝光干扰信号也是实时的啰？”

埃它无奈地点点头，表示认可西格玛的判断。西塔也只能茫然地伸出左手弯曲的食指表示赞同。

“如果我们刚才收到的超强蓝光干扰信号是实时的，催发蓝光的人又不是埃它，那就太可怕了！”西格玛叹息道。

西塔、埃它听到西格玛的自言自语，再次屏声静气，大气也不敢喘。

作为西格玛家族成员，西塔心里也很明白，非西格玛家族成员绝对不可能掌握这种高等级意念修为的，更别说运用第四维度修为激发“冲天指”，荟萃天地间阴阳电荷，产生巨大的脉冲能量，瞬间形成妖魅的蓝色冲击波。

当然，更让西塔感到可怕的是，埃它几次在安全总部催发蓝光，也没有让近在咫尺的西格玛感到眩晕。一个从遥远地球发出的超强蓝光，竟然让西格玛的知觉和视觉几近瘫痪。可以想象，那个在地球上催发蓝光的人，其修为要比埃它强过千万倍！

想到此，深感脊背阵阵发凉的西塔也只能相信，那个在地球催发超强蓝光的人，一定是汉娜背着安全总部“制定的一系列预案”中的秘密成员，而且早已潜伏在地球。

西塔越想越觉得背后有股袭人的寒气，不由得脱口叹息：“是太可怕了！”

听到西塔的叹息，西格玛一屁股坐在椅子上，长叹一声后陷入沉思。他再次把事情的前前后后细细联想一遍，不得不佩服汉娜的处心积虑。

那个老虔婆阴阳怪气的话语还在他的耳畔回响：“你现在要做的是，继续监视人类的一举一动，特别是北京，美国、中国和埃及的专家正聚在那里研究如何对付我们呢！”

想到这些，西格玛就恨得牙根痒痒，口中情不自禁地吐出一句：“§♀&♂@⊕！”

这是奥密伽7星人最低俗的粗口，吓得西塔和埃它噤若寒蝉。他们从来没有从德高望重的西格玛口中听到过如此粗俗的言语。

看到西塔、埃它用一种奇异的眼神看着自己，西格玛自知失态，下意识地挥挥手，像清除刚才那句粗口带给两个晚辈的负面影响一样，再次坐在椅子上陷入沉思。

汉娜处心积虑地将他推到前面充当马前卒，她却躲在背后瞒着他做了一个又一个圈套。再联想到眼下监控信息滞后，原因又不让他深究，还让他装糊涂，看来这一切都是汉娜事先“制定的一系列的预案”。既然将他列入机密范畴之外，他就暂且不去过问吧。可是，现在他连监控美国、中国和埃及唯一能够参与的事情也很难做到了。监控信号时好时坏，谁也不知道监控到的是实时信息还是滞后信息。一旦因为信息滞后造成无可挽回的损失，他难辞其咎。

埃它见西格玛颓废地坐在椅子上沉默不语，西塔又受到西格玛的感染分外沮丧，他不失时机地提议道：“尊敬的西格玛先生，既然我们的监控设备现在又恢复正常，我们还是打开储存器，重新审读一遍前面的信息吧。”

“还要看过时的信息?”听到埃它的建议，西格玛烦躁地反问道。

西塔被埃它提醒了，猛然醒悟，也顺着埃它的思路提醒西格玛：“爷爷，还是重新看一遍吧，特别是超强干扰蓝光出现的那一段。埃它兄弟，你也看一遍那个令人不可思议的场景。”

大概因为西塔是自己钟爱的孙子，或者是西塔的话让西格玛恢复了理智，他点点头，示意西塔打开储存器，重新审读之前时空错乱的监控信息。

西塔迅速从储存器中调出蓝光出现时的那段视频资料。

一道强烈的蓝光，使得整个屏幕眩得让人睁不开眼睛。因为这仅仅是记录下的视频资料，西格玛并没有感觉到像蓝光刚出现时的那种强大威慑力。等他们视力适应以后，定睛细看，屏幕上显示的是美国华盛顿一家医院的楼顶天台上，一个左手食指指天的人，在蓝光的掩护下，和一男一女簇拥着一个担架，登上了一架涂有红色十字的直升机腾空而去。

“停下!”西格玛指着在医院天台上催发超强蓝光的人命令道。

西塔将视频暂停。

这次西格玛清晰地看到那个人还有一个极细微的动作，他的右手食指紧贴在背后，这是西格玛家族祖传的

“冲天指”无疑。

西格玛和埃它都张大嘴巴，不敢相信自己眼前的情形。

“太可怕了，太可怕了！”愣了半天的西格玛回过神来，口中连连感叹。埃它更是心有余悸，想想自己在绑架彼德、伊娃，从美国 FBI 手中夺回赵亚文夫妇，以及删除西火奴鲁鲁岛人记忆时，几次催发蓝光，虽然都很成功，但是与那个人催发的蓝光相比，简直算是初级入门而已。

记录视频显示，那个人在紧急关头出手，不仅时间、空间和目标对象都控制得精确无误，而且能量强度大得惊人。

究竟是什么人能如此娴熟地运用西格玛家族祖传的第四维度修为，催发如此超强级别的干扰蓝光，成为横亘在西格玛心中一条抹不去的梗，难道这个人就是汉娜口中的“爷爷派到地球的卧底”？考虑到这一层，他强作镇静，命令西塔：“继续，继续把这段时间储存器里的资料审看一遍。”

西塔立即伸出左手弯曲的食指，重新启动播放储存视频。

回放监控视频，画面上出现了美国华盛顿的圣玛丽医院 ICU 病房。

吉茜卡面色苍白地躺在病床上。镜头推近，埃它一下子就辨认出躺在病床上的吉茜卡："尊敬的西格玛先生，这不是那个'螳螂'吗?"

"螳螂?"西格玛被埃它的话弄得有些迷糊。

"爷爷，您记不得啦?早些时候，美国那帮人精心策划了一场好戏，为了让赵亚文跟随宇宙飞船进入国际空间站，要求对他进行全面体检，想趁机获取他的各项生理指标，包括精液。埃它原来想制止他们，您让我们沉住气，给他来一个'螳螂捕蝉，黄雀在后'。"

"哦，是哦，那次又幸亏你小子催发超强蓝光干扰，才不至于让他们得手。要不是汉娜那个老——"西格玛一提到汉娜，就情不自禁地骂上一句。在两个晚辈面前，他强行压下怒气，继续说道，"要不是汉娜坚持把彼德送回地球，美国人就得手了。当然，他们绝对想不到的是，等待他们的将是一场空欢喜!"

"对啊，躺在病床上的吉茜卡是美国FBI的一个小头头，她，她怎么被弄成这样，快不行了吧?"西塔也认出吉茜卡，善良的他忍不住说出了心中的担忧。

"继续回放。"西格玛担心吉茜卡的惨相助长西塔的妇人之仁，挥手命令道。

监控视频画面上出现了华盛顿DC千禧酒店总统套间。

吉茜卡正巧施粉黛期待"蓝颜"赴约。巨大水晶灯下，那枝蓝色妖姬分外扎眼，精美的餐具熠熠生辉，精美的食品发出诱人的香气。

西格玛虽然不知道赴宴者姓甚名谁，但是，联系起来推断，在千禧酒店张网以待的一定是那个在医院天台上催发超强蓝光的人，而那个能催发超强蓝光的人，肯定有奥密伽 7 星人背景。

“呵呵，美国人真会玩心机，可惜啰！”西格玛看完这段视频，嗤之以鼻地哂笑道。接着他命令西塔：“继续回放。”

监控视频转向了中国上海南京西路的功德林素菜馆。

A3 和手下一干人等惊惶失措地在饭店内外寻找失踪的彼德和伊娃。

“哈哈，哈哈！”这次西格玛发自内心地笑了。他的笑声让西塔和埃它听起来感到毛骨悚然。他们再次恢复到大气也不敢喘的状态。

西格玛大笑的潜台词是：“蓝光催发者”不仅成功摆脱了地球人设置的诱饵，反而将至关重要的知情人吉茜卡俘获。伊娃和彼德虽然没有受到他的直接指使，但是，伊娃也确实够机灵，不仅在 A3 等人的重围之下成功逃逸，而且，她还会借此机会执行汉娜的“一系列预案”。

“哎呀，可悲啊！”想到此，西格玛接连发出悲鸣般地感叹。

“堂堂奥密伽 7 星人，宇宙霸主，派出的卧底竟然在地球人设计的圈套里差点儿成为阶下囚!”

“那是地球人在做梦！那个能催发超强蓝光的人绝对不会落入地球人之手。”

见埃它盲目地为“蓝光催发者”点赞，西格玛狠狠地瞪了他一眼：“年轻人啊，匹夫之勇向来只逞一时之能，做事前要多动脑子!”

西格玛认为，在当今世界，绝非凭借匹夫之勇就能立于不败之地。对手手中无剑，心中却有剑，关键时，必定一剑击中你的要害！所以，当埃它心中错误观念冒头时，他不得不立即给予纠正。

西格玛话未落音，巨型屏幕右上角黄色的“Ω”图标开始闪烁。他不敢怠慢，因为那是汉娜要向他发出指示。

汉娜那副慈祥祖母的笑脸果然出现在屏幕上。不过，谁都看得出来，这次她脸上的慈祥，应该没有太多的恶意。

“老西啊，干得漂亮！我一直认为你能力不差，就是干活不用脑子!”这是汉娜对西格玛的真心夸奖。她误以为彼德和伊娃逃脱，医院天台上“催发超强蓝光者”掳走吉茜卡一定是安全总部的人所为。但是，此刻她的话在西格玛听起来比骂他还难听。他刚才在两个年轻人面前倚老卖老地告诫他们“做事情要多动脑子”，他的话音未落，这个老虔婆竟然说他“不动脑子”。

“你看，你只要稍稍动一动脑子，事情就能干得漂漂亮亮!”汉娜补上的这一句，才让西格玛从尴尬中缓过神来。

“你继续监控地球上的三个国家。必要时，不惜任何代价，也要确保伊娃的安全！其他的事情我已经安排好了，你不必费心。我继续等待你的好消息。”

让自己不必费心？说起来好听，还不如直接说，那些事情密级高，你没有资格知道。此刻的西格玛被汉娜的“好话”捧到一个岌岌可危的高处，随时都有摔下来的危险。他是进还是退，都是两难。进吧，监控设备时好时坏，已经成为他的一块心病，鬼才知道下一个时刻监控到的是滞后信息还是实时信息。当然，他更不可能知道导致信息滞后的根源了；退，更不可能了，汉娜已经发话了，她还在继续等待他的好消息。

好在汉娜开始扭转他在她心目中的形象，也算是一个小小的安慰吧。眼下，他还是利用自己的职责和权力，按照汉娜的指示去做吧……

第九十一章　“猎鹰”发飙

美国华盛顿 DC，圣玛丽医院直升机起降平台。

“猎鹰”望着腾空而去的直升机，用枪点指着，重重地爆出一句粗口后，无奈地将枪插回枪套。大概从穿上这身军装开始，他就从来没有遭受过如此挫败。连他的上峰都不得不承认低估了对手，他们太强大了！

“猎鹰”拿出步话机，向手下发出命令：“收队，回五角大楼。”

随即，他又通过军用移动专线电话，

向空军总部和地对空导弹防御系统发出命令：“战机升空，导弹待发，中心方位华盛顿 DC 圣玛丽医院，在半径 50 公里的范围内，锁定救护直升机。”

“猎鹰”带着一干人等准备返回五角大楼时，空军两架 F－35 战斗机和两架阿帕奇 AH－84E 武装直升机奉命从空军基地起飞，分别向圣玛丽医院飞来，在以圣玛丽医院为中心的半径 50 公里范围内搜索。

不久，“猎鹰”的专用电话里就传来空军执勤队长的汇报：“猎鹰，猎鹰，我发现一架医用救护直升机；地点，华盛顿 DC 第十三号地区；现场，直升机完好无损，机舱门打开，机上除了一名昏迷的驾驶员以外，没有发现其他人。报告完毕。”

“你们留下警戒人员保护现场，其余人员带着昏迷的飞行员立即返航。”

按照空军执勤队长提供的方位，“猎鹰”一行人很快赶到现场。

在华盛顿 DC 郊外某处，弯曲的河水将这里环抱成一个类似孤岛的区域。这个区域与外界的通道有两条，陆路是经过河面上的一座钢索桥，连接第 95 号高速公路；水路是顺着弯曲的河流直接驶向与华盛顿毗邻的沿河任何一座城市。

从现场看，这架直升机停在这里绝对不是偶然，应当是事先制订的周密计划。“蓝颜”一定是在这里换乘了其他交通工具，劫持吉茜卡不知去向。狡猾而老练的“蓝颜”一定清楚，在美国首都的上空，绝对不会允许任何一架不明来历的飞行器任意飞行，无论是空中的雷达监测网络，还是由强大的空军制空管理以及地面导弹的防御系统，即便是标有红十字的救护直升机，在空中飞行也是随时随地被控制的目标。他唯一的规避手段就是乘直升机迅速逃离现场，再通过陆路换乘汽车或者通过水路乘冲锋舟、快艇等交通工具驶向自己的既定目的地。

“猎鹰”进入直升机舱内，没有发现任何暴力打斗的迹象。

负责警戒的空勤人员向“猎鹰”汇报：“报告长官，我们已经对这架直升机的机械和电子设备进行了全面检查，没有发现任何故障。飞行员也没有留下任何信息。报告完毕。”

“猎鹰”向警戒人员做出“OK”的手势，示意他退下。

突然，他身上的智能终端震动。这是吉茜卡去千禧酒店与“蓝颜”约会前带在身上的GPS卫星定位显示仪。显示仪显示，她此刻位于华盛顿DC主城区约五十公里外的城乡接合部。在如此短暂的时间内，离开市中心五十多公里，对方一定选择了陆路。

“猎鹰”收到吉茜卡的定位信息喜忧参半。有了准确的定位，他完全可以立即调度人马接近那里，但是，为什么从发生车祸的那一刻起，到吉茜卡进入医院，再到她被“蓝颜”劫走的这段时间内，这个定位装置始终没有提供信息。难道是因为吉茜卡处于昏迷状态下没有工作？还是现在吉茜卡已经清醒了，主动向自己发出的联络信号？还是“蓝颜”发现她身上的这个定位仪后为自己设下的圈套？

如果说这一刻“猎鹰”还在理性地思考，下一秒钟，他的情感告诉他，这个女人值得他一生去爱、去保护；她被劫持，完全是因为他的失责。在这种冲动下，他做出了一个近乎疯狂的决定，率领手下人直接面对“蓝颜”，救出吉茜卡。

一干人马在“猎鹰”的率领下绝尘而去。他们还没有行驶一公里，在通往钢索桥的路口，发现三辆全副武装的黑色悍马HA－9车顶闪烁着蓝红相间的警灯，早已一字排开挡住了他们的去路。

从中间那辆悍马车里钻出来一位肩扛准将军衔的军官，他耀武扬威地拔出手枪，对空鸣枪，示意“猎鹰”等人立即停车。

火急火燎的“猎鹰”被眼前突然出现的三辆警车弄得有点发蒙。在这种关键时刻，什么人敢阻挡自己的车队？他也拔出手枪，敏捷地跳下车，向那个比他军衔低一级的军官走过去。

对方见“猎鹰”拔出手枪向自己走来，知道来者不善，立即对空连放两枪发出警告：“别动!”

“猎鹰”一生戎马倥偬，历尽腥风血雨，怎会被一个下级军官吓住？他本想一枪击毙对方，但是理性告诉他，此刻真正的敌人是一个强于人类千万倍的对手，还躲在他看不见的地方，他没有必要向自己的同类大开杀戒。

于是，“猎鹰”毫不示弱地也朝天连开两枪，警示对方。正当双方一触即发时，当中那辆悍马车又下来一位军官。这位军官身材并不高大，甚至还有些老态龙钟，花白的鬓角压在笔挺的军帽下面，倒也显得威武雄壮。他迈着稳健的步伐，用洪亮的声音喝道：“嘿，都悠着点儿，伙计们!”

看到此人的军衔，“猎鹰”顿时矮了半截。对方肩上佩戴的是四星上将肩章。

“他就是传说中的‘上峰’吧!”“猎鹰”心里暗忖。果不其然，对方下车后，微笑着大步向他走来。那个准将立即向他行了个军礼。

上将来到“猎鹰”面前，一把紧紧地抱住他，拍着他的后背说道：“老弟，别莽撞！你的心情我理解。”

“猎鹰”见状，立即后退一步，立正，向老者行了个标准的军礼。

来者不是别人，正是美方“火狐计划”行动组负责人巴瑞将军。他通过监控视频看到“蓝颜”在劫持吉茜卡时发出的炫目蓝光，现在回想起来他还心有余悸。

“兄弟，那是一种超高强度的能量光束，携带人类不能承受的高频光谱、次声波和超强磁场，让人在零点几秒内失去知觉。仅凭这一点，你即便率领再多的人解救吉茜卡，不但救不了她，所有人也是白白送死！

“眼下吉茜卡的安危并不是迫在眉睫的重点，当然，我这么分析的原因是基于‘蓝颜’目前还不至于对吉茜卡下毒手；再则，即便你能将吉茜卡救回来，对于目前敌我双方的局势改观也起不了多大的作用。当下我们最重要的任务还是与北京方面取得联系，获取破译奥密伽7星人的最新情报，了解对方的动态，与中国和埃及等其他同盟国一致行动。因为，现在整个人类被绑在一架战车之上，一荣俱荣，一损俱损。”

听完巴瑞将军之言，“猎鹰”顿时觉得这位上峰在自己脑海中的原有形象完全被颠覆了。他一直以为，上峰只是冷酷无情的军人，是拥有至高无上权力的当权者；眼下这个紧紧拥抱着自己、用简洁的语言将当前的局势分析得如此透彻的人，完全像自己的父兄、挚友，当然更是值得敬佩、有勇有谋的指挥官。

“猎鹰”心悦诚服地收回鲁莽的想法，把手枪插回枪套，拿出专用海事卫星电话，拨通助理奥莉维亚的电话。

“头儿，你那进展怎么样?”电话接通后，奥莉维亚先问他。

“先说说你那里有什么新的情况吧!”“猎鹰”被奥莉维亚问得一时不知如何应答，但是，从某种意义上讲，奥莉维亚不仅是以助理身份，还代表三国专家在询问。

“情况不妙，中方派去‘稳住’伊娃的团队失手了，到现在为止他们还不知道伊娃和彼德的去向，正等着你们的消息呢。”

奥莉维亚的话正刺中“猎鹰”的痛处。他此刻只能按照巴瑞将军的要求，坚决服从三国的统一行动。他简短地回复了奥莉维亚后再次问道：“我们也失手了。既然上海方面出现了意外，北京方面对此有何应对措施吗?”

“北京方面综合各方面的情报得出结论，奥密伽7星人现在最主要的目标就是伊娃和彼德。‘蓝颜’虽然是他们重量级的卧底，但是北京方面相信，在关键时刻，他只能作为一个‘小卒子’被丢弃，确保伊娃和彼德这个‘车’!”

奥莉维亚转达的北京方面的消息，完全与巴瑞将军的分析吻合，自己如果贸然闯入吉茜卡提供的区域，不仅无济于事，自己和手下的安全也将不堪设想。

“猎鹰”在拨打奥莉维亚电话的时候，没有避开巴瑞将军。巴瑞将军也完全听清楚了北京方面的想法，他示意“猎鹰”，率领所有人马返回驻地待命。

美国华盛顿DC郊外的蓝莓镇。

这是距离华盛顿DC约五十公里的一座美丽小镇，以盛产蓝莓而闻名遐迩，因此人们称其为“蓝莓镇”。这个镇子原来是土著人聚居的村落，到目前为止，还保留着土著人聚居的许多遗迹。一个绿草如茵的广场中央，矗立着一棵树冠直径达到一百多米的巨大古树，旁边一幢简陋的两层小楼，是当年部落的“议事厅”，曾经是部落的最高权力机构；楼下，则是部落执法机构的“法庭”。广场的一角，放置着一个能囚禁一个人的铁笼，这就是“监狱”了。当然，这里还有许多土著风格的住宅、集市和酒吧，这些酒吧以自产、自酿的蓝莓酒吸引了众多游客。

镇子的东头，坐落着一个方圆数十公里的庄园，古老的橡树林将庄园围绕成一个世外桃源。橡树林的外围，是一条宽约几十米的河，河上可以起落的铁桥，是通往庄园大门的必经之路。这座桥便成了这个美丽庄园的天然屏障。

从外部，只能透过橡树林，隐隐约约看到庄园里古堡的尖顶。这里属于私人领地，大量的游客只能隔岸观光，无法进入这片神秘的领地。

在这座古堡的地下室内，吉茜卡躺在病床上。病房外，门口和通往病房长长的甬道上都有荷枪实弹的士兵把守，她的身边有几位身着白色大褂的专业医护人员24小时值守。在她的床头，是整套心电监测仪、静脉点滴仪。脑电波全程跟踪监测仪屏幕上的直线显示，吉茜卡依旧处在无意识的昏迷状态。

病房里安静得几近恐怖，白色的墙壁、天花板和床单更强化了这种恐怖。突然，一台监测仪器发出“嘟”的一声蜂鸣声，平滑的脑电波在显示屏上出现了微弱的颤动。

值守的医护人员不敢怠慢，马上接通了“蓝颜”的专线电话：“尊敬的阁下，您的客人有苏醒的迹象，请您立即来病房。”

在这里，“阁下”绝对不是一般的尊称，而是实实在在的君主才能拥有的称谓。若干年前，“蓝颜”就是这个土著部落酋长的后代，不知道什么时候他和奥密伽7星人勾搭上了。至今，仆人还习惯地称他为“阁下”。

也就在此刻，吉茜卡开始有了意识。她毕竟是经过FBI严格训练的特工。当她还不能确认自己身在何处、处于何种状态的情况下，她第一意识就是触动胸前项链上的吊坠——那里装有超微型GPS定位系统。但是，她错误地估计了自己此刻的行动能力，仅将右手臂从身体一侧举起来，伸向胸口。她感到即使用尽全身的力气也无法完成这个动作。尝试多次均告失败后，她决定放弃，改为闭目养神。她需要在长时间内积聚体内的能量，进而完成这个简单动作。

事实上，这时的她就连思考也得用尽全身的能量。理智告诉她，此时她体内没有能量支撑肢体运动，更没有能量支撑大脑思考。她再次决定放弃，不想，不动，养精蓄锐，伺机而动。

她完全放松四肢，放空大脑，屏声静气地等待着。渐渐地，她感到自己可以再次尝试，于是她以极其顽强的毅力，举起右臂，将食指伸向胸前，准确地摸到了项链下的吊坠。完成这个动作后，她又昏迷过去了。这也是“猎鹰”和她分手后第一次收到她的定位信息。

“蓝颜”匆匆赶到地下室，看见吉茜卡床头脑电波监测仪的屏幕上，呈现的仍旧是平滑的直线。

“蓝颜”走到床前，伸手在她的鼻下试探，又在她的颈动脉处摸了一会儿，无奈地摇了摇头：“继续监控，不能有丝毫疏忽大意！”

遗憾的是，吉茜卡拼尽全身气力向“猎鹰”发出的信号，却因种种原因被忽略；更因为她在双方博弈中自身分量不足，没有引起上级足够重视。

中国上海，功德林素菜馆。

彼德和伊娃刚刚走进化妆间，来不及关上门，伊娃就深情地扑到彼德怀中，热切地亲吻着。

伊娃一边亲吻着彼德，一边撒娇似的喃喃自语："今晚，我要和你一起去迪斯尼乐园，连续玩两天。你答应我的！我已经在网上预订了两天一晚的套票。现在，已经过去多半天了！"

第九十二章　共度良宵

中国上海，南京西路功德林素菜馆。

举行完订婚仪式的彼德和伊娃回到化妆间，彼德刚想关门，却被伊娃一把拉住，然后深情地扑入彼德怀中。两个人紧紧地拥抱在一起，热烈地亲吻着。

陶醉在甜蜜之中的彼德突然听到伊娃在耳畔撒娇说，她已经预订了迪斯尼的门票，一阵快乐的暖流又在他全身涌动。

彼德知道，伊娃的这个要求是她儿时的一个梦想，当然也是他儿时的一个梦想。每当伊娃遇到不开心的事情时，他劝解她最好的办法，就是承诺跟父母去迪斯尼时一定带上她。然而，他一次又一次的承诺，因为种种原因至今也没能兑现。

伊娃一次又一次毫无怨言地期待着，善良的她相信他，更相信彼德的父母。眼下，上海的迪斯尼近在咫尺，伊娃又预订了门票，现在找出一千条理由来，他也不能不兑现承诺。

彼德轻轻地推开伊娃，双手托住她的脸颊，注视着她的眼睛，看见她幸福的眼神中流露出一种急切地渴望。

“我答应你，伊娃，等宴会结束了……”

“不，就现在，立刻，马上!”

伊娃的孩子气又来了。特别是在未婚夫面前，她觉得更有必要好好地发挥一下。

经历了外星人的绑架，今天他们又在太爷爷的百岁华诞订婚，在彼德的潜意识中，眼前的伊娃将陪伴自已终生，当然，他更应当竭尽所能照顾好她。去迪斯尼乐园痛痛快快地玩两天，是他和伊娃从小就一直憧憬着事情。如果说那时只是玩伴的期待，此刻他们沉浸在热恋之中，携手同去迪斯尼的愿望就显得更加迫切。

他们再次紧紧相拥，相互交换了一个会心的眼神，各自迅速地换上便装。彼德一手拉着伊娃，一手正打算拉开化妆间的门，却被伊娃拽住了。她把左手食指竖在唇边，示意彼德不可声张，紧接着她又诡谲地眨眨眼，指指窗户。

彼德心中一凛，出于安全考虑，他三步并两步地走到窗口向下望了望，果然不失一个好主意。伊娃就是这样，常常会冒出一些古灵精怪的奇思妙想。

彼德向伊娃做出“OK”的手势，他们决定不再回到会场，改由窗户直接奔赴迪斯尼乐园。

好在宴会大厅在二楼，这间化妆间说是在二楼，其实还低了半层，窗户正对着一条僻静的弄堂，下面几乎没有行人。彼德毫不费力地跳下去，伊娃在彼德的接应下，也身手矫健地翻越窗户。一对新人像被放飞的小鸟一样，在街口乘坐出租车直奔迪斯尼乐园。

A3 万万没有想到，彼德和伊娃会从化妆间的窗户即兴逃遁。

彼德和伊娃赶到迪斯尼乐园，已是傍晚时分。这是中国内地首座、也是世界第六座迪士尼主题乐园。这座乐园在保留迪斯尼乐园原汁原味的基础上，还增加了若干带有中国文化元素的娱乐项目，如“十二朋友园”，就是根据中国传统文化中的“十二生肖”而设计的景点。当然，随着时代和科技的发展，这里许多项目还增加互动性和时尚性的科技元素。

彼德没有费多大周折，就在网络订票处兑换了两张具有纪念意义的精美纸质入场券。他们刚进入园区，伊娃就兴奋地拉着彼德直奔爱丽丝梦游仙境迷宫。看来，她已经做足了功课。

爱丽丝梦游仙境迷宫是根据蒂姆·波顿执导的迪士尼的一部同名3D立体电影《爱丽丝梦游仙境》而打造的第一个迪士尼景点。伊娃也是这部3D电影的粉丝，电影中的故事她几乎能够完整地复述出来。

影片讲述的是爱丽丝继上次梦游仙境十三年后的故事。已经19岁的她生活在一个华丽富庶的大庄园里，衣食无忧，生活奢靡。渐渐地，她成为家长心目中所冀望的那种贵族女子，却早已忘记自己童年时的那些奇妙无比的经历。在家长为她举办的19岁生日宴会上，一位富豪的儿子哈米什·爱斯科特向她求婚，哈米什虽然家财万贯，性格却愚笨而木讷，跟爱丽丝根本不是一路人。渴望改变现状的爱丽丝在小白兔的带领下，再次钻入山洞步入仙境。

这里依然是她童年来过的地方，一切都没有发生太大的变化，奇妙的黄色瞳孔的疯帽子先生还在，专断凶狠的红桃皇后见到爱丽丝后依然尖叫着要砍掉她的人头，甚至连她的妹妹白桃皇后也不放过。在双胞胎兄弟的帮助下，爱丽丝逐渐恢复了记忆，她将在这个童话般的奇妙世界里重新审视自己……

《爱丽丝梦游仙境》一直以来都是伊娃钟爱的童话故事，她也一直幻想着自己也能成为剧中的爱丽丝。

在这里，他们忘却了时间，忘却了烦恼，携手穿过树篱、石头、花园围墙，忘情地欣赏着巨型花朵和雕塑等奇妙景观，一直找到了“疯帽子”的茶话会。

伊娃玩疯了，拉起彼德的手臂，在上面狠狠地咬了一口，让彼德连连叫痛。

听到彼德喊痛，伊娃松开口，眼泪都快笑出来了：“彼德哥哥，这不是梦吧？”

彼德伸出被伊娃咬成一圈青紫痕迹的手臂，嗔怪道：“你说呢？这是你送我的订婚礼物吧！”

“对不起，对不起，亲爱的夫君。”伊娃调皮地求饶，狠狠地在他脸颊上亲吻了一下，拉着他向加勒比海盗——沉落宝藏之战景点赶去。

这个景点是根据电影《加勒比海盗》建成的“宝藏湾”，是全球迪士尼乐园中首个且唯一一个以海盗为主题的园区。

这个园区最让人心动的就是这个项目：加勒比海盗——沉落宝藏之战。

游客们可以切身体验穿行在紧张刺激的剧情场景中，身临其境地开火对战。海盗船能与相应场景音效旋转、移动，让游客最大限度地把所有景观尽收眼底。

他们疯玩了两个景点后，再看看时间，再有一个小时就到花车盛装夜巡的时间了。这是每座迪斯尼乐园经典的保留节目，通常会安排在当地的日落时分进行。届时，美丽的夜空还将绽放出绚丽多彩的焰火。

他们认为，一个小时内，再去任何一处景点都来不及了，不如先去酒店办好入住手续，稍微吃点晚餐后，再去欣赏花车盛装夜巡。

迪斯尼度假酒店，秉承的宗旨和迪斯尼乐园一样，是为游客提供亲子家庭在乐园休憩、住宿的温馨场所。这个度假酒店从装修风格到服务，无不是以儿童的心理和审美情趣出发，处处都洋溢着童趣、童真。

彼德和伊娃在迪斯尼酒店办好入住手续后，拿到一张印有米奇卡通头像和自己姓名的房卡，正准备进入电梯时，一位身着米奇服装的侍者早已等候在电梯口，引导他们乘坐电梯来到房间。

他们进入房间，仿佛来到了童话世界。整个房间就像一座绿色森林，房间中央是一张金色大床，洁白的床幔下面是一群绒布制作的卡通小矮人；墙上悬挂的一个鸟笼里突然伸出猫头鹰的头，诡异地转动着眼睛，发出古怪而阴森的啼叫声；房间的一角是一棵巨大的榕树，一只身着海军服的唐老鸭突然从榕树后面摇摇晃晃地走出来。

这是一只智能电动的卡通玩具。它谦恭地发声问道：“我亲爱的主人，请问有什么需要我服务的吗？”说完，它不等客人回话，自己竟然倒在地下呼呼大睡。

此景让伊娃笑得前仰后合，忘情地拉着彼德进入卫生间，打开花洒，向彼德浑身上下冲水。彼德抢过花洒，反过来对着伊娃冲水。当他们相互对视时，发现对方都被淋得像个落汤鸡似的。

他们干脆赤诚相见，脱掉了被淋湿的衣服，深情地拥抱着、亲吻着，完全忘记了吃晚餐、看花车盛装夜巡和美丽的焰火。

很快，伊娃玩累了，喘着气，甜蜜地躺在彼德怀抱里。彼德轻轻地推开她，拽下一条干浴巾，擦干伊娃身上的水，把她轻轻抱到床上。他刚想擦干身子，不料伊娃伸出手臂，紧紧搂住他的脖子，在他的耳边呢喃地命令道："不许——离开——我！"

两个幸福的年轻人相拥而眠。

当清晨第一缕阳光照进房间时，墙上的鸟笼中又伸出一只布谷鸟的头，"布谷布谷"地唤醒他们。

伊娃还沉浸在美梦之中，有滋有味地咂咂嘴巴，紧紧抱着彼德不放，轻轻哼了两声又甜美地睡去。

彼德看了看床头台钟，指针已经指向早晨 7 点。他们已经不知不觉地睡了将近十二个小时。

彼德与伊娃幸福地躺在金色大床上。这一刻，赵笃甫和全家人、包括袁主任早被共浴爱河的他们抛到九霄云外了，更别说正为他们再次失踪感到不知所措的 A3 一行人了。

上海是拥有两千万人口的国际大都市，若想在此寻找两个普通人，真可谓是大海捞针。

更让所有人感到麻烦的是，这事还得瞒着赵笃甫。要不然，这位刚刚办完自己的百岁华诞、亲眼见证曾孙订婚的老人，怎能承受得了曾孙突然失踪呢？

A2 获悉这个情况后，当即向上海公安部门发出指示：立即启动“天网行动”。

然而，如果根据彼德和伊娃失踪的时间，组织警力将功德林周边道路的监控全部查看，需要仔细审看几百个小时的视频资料，才能从中筛查出一些有参考价值的信息。不巧的是，功德林素菜馆化妆间窗口下面的弄堂，以及那个弄堂通往主要街道的路口几乎都是监控盲区。

上海迪斯尼宾馆内。

睡意未消的伊娃紧紧拥抱着彼德，惬意地伸了个懒腰，再次撒起娇来：“彼德哥哥，我今天哪儿也不想去了，你就这样陪着我好吗？”

此刻彼德也沉浸在二人世界的幸福与甜蜜之中，已经完全把家人的惦记抛在脑后。他轻轻拉开伊娃紧紧缠绕在脖子的手臂，把她的手拿到嘴边，疼爱地亲吻着。

伊娃却突然抽回手臂，在彼德的脸颊上轻轻打了一下，问道：“彼德哥哥，咱们今后真的不用上学了吗？不去上学，你有什么打算呢？”

彼德见伊娃问到自己未来的打算，仿佛打了一剂强心针一样，一个鲤鱼打挺从床上跃起，舒服地靠在床头柔软的靠背上，微笑着低头看着伊娃：“伊娃，你还记得刚上学那几天，我给同学制作的‘记忆神器’吗？”

“记得，记得！”伊娃兴奋地拍着双手，好像又想起满满一盒子的金属纸片，那是彼德忙了大半夜制作的“记忆神器”。那些小小的金属纸片虽然能帮助同学们解一时之难，却管不了同学一辈子，也就一天的工夫，“记忆神器”就全部失去了“神性”，弄得彼德遭到同学们一致埋怨和声讨。

伊娃突然像想起了什么，兴奋的神情立即转变成焦虑，骨碌一下坐起来，用食指摁着彼德的鼻尖问道：“你还想重操旧业？”

“是的。我虽然不需要上学了，但一想到那些因为学习要花费十几年大好时光的孩子，就觉得自己有一份责任；再想到那些迫于学习压力采取极端方式结束自己生命的孩子，我更觉得自己有一份推卸不了的罪过！”

“哦，你想当救世主，说说你的打算。”

彼德说出了前天晚上他已经考虑成熟的一整套关于制作“记忆神器”的计划，从材质、信息储存到使用者与“记忆神器”之间的互动都精确到分毫不差。当然，也包括如何分步实施“让所有学校都消亡”的宏伟计划。

伊娃听得入神，对彼德的描绘心驰神往。忽然，她仿佛意识到了什么，举起拳头，半嗔半娇地打在彼德肩上："订婚前天晚上，我心里想的都是你！你却惦记'记忆神器'，今后你就跟它过日子去吧。"

彼德自知失言也失礼，猛地把嘴压在伊娃嘴上，让她停止数落。甜蜜的吻像神奇的麻醉剂，让伊娃停止抱怨，紧紧地搂住彼德，尽情享受着爱的滋润。

突然，伊娃猛地推开彼德，像是换了个人似的问道："彼德，你喜欢我，还是喜欢伊娃？"

她这么一问，让彼德坠入云里雾里，"喜欢你，喜欢伊娃，难道不是一样吗？"于是他赶紧说："都喜欢，都喜欢！"

听到彼德这样回答，伊娃气得脸色通红。她调整一下情绪，再次问道："要是一定让你在这两个人当中选一个呢，你选谁？"

一头雾水的彼德心想，难道"你"和"伊娃"不是一个人？看来这丫头幸福得昏头了，提出这么古灵精怪的问题。于是，他不假思索地回答道："你！当然是选你啰！"

彼德的回答让伊娃的心情稍稍平静，再次将两片红唇热烈地贴紧彼德的脸颊，似乎陷入一种幸福的回忆中。她这一吻到让彼德隐隐觉得自己刚才的回答有点违心。儿时的伊娃是自己记忆中无法抹去的最爱，眼前这个未婚妻和伊娃难道不是一个人？

此时他们都莫名地陷入一种沉思之中……

第九十三章　霸主摊牌

奥密伽 7 星球安全总部。

西塔和埃它按照西格玛的指示，不管监控设备监测到的是实时信息还是滞后信息，也要毫无遗漏地监控地球人的一言一行。自然，彼德和伊娃的迪斯尼之行也尽在他们的监控范围之内。

当屏幕上出现伊娃推开房门，展现出童话世界时，西塔和埃它都瞪大眼睛。大概是这个画面也激起了他们的童心。他们虽然不知道人类的美丽童话故事，但是，所有生命的童年也许都有同样的审美情趣。

绿树掩映的森林，巨大的榕树下有一张金色大床，洁白的床幔下面是一群绒布制作的卡通小矮人，榕树后面突然摇摇晃晃地走出一只身着军人制服的人形鸭子，谦恭地要为客人服务，不等客人回话，它竟然倒在地下呼呼大睡。

西塔和埃它情不自禁地失声大笑，笑声惊动了一旁的西格玛。他侧眼向屏幕看去，美丽的童话世界同样让他的童心在刹那间激活，但微笑在他脸上稍纵即逝。他提醒西塔和埃它，现在不是娱乐时间。

屏幕上，伊娃笑得前仰后合，忘情地把彼德拉进洗漱间，两个人顽童似的打起水仗。他们发现对方都被淋得像落汤鸡时，干脆脱掉淋湿的衣服，赤诚相见，深情地拥抱着，亲吻着……

埃它和西塔看得血脉偾张，甚至开始羡慕地球人。虽然地球人只有不过百年的生命，却活得精彩，活得潇洒。奥密伽 7 星人，虽然寿命长达数千年，然而清规戒律多得数不清，更记不清，稍有不慎，就会触犯戒律，受到严厉惩罚。更让年轻人受不了的是，在所有公开场合，他们必须严格遵守与等级对应的“尊贵”和“尊严”。

西塔忍不住扯开红色将军制服的风纪扣，让脖子享受片刻自由。奥密伽 7 星球上这种统一制式不同颜色的将军制服，穿起来笔挺，看起来飒爽英姿，高高的制服领口让着装者必须高昂着头，挺起胸脯，但是，着装者却要忍受着制服带来的束缚。看到西塔扯下领口的风纪扣，埃它也照做。

西格玛苦笑着摇摇头，并没有立即制止他们。因为他也年轻过，也这么偷偷干过。不过，他看到他们得意忘形的样子，不得不提醒他们注意自己的形象。

西格玛话音未落，巨型屏幕右上角的橙色信号就闪烁起来了。西塔和埃它赶紧扣好自己的制服风纪扣，面向显示屏，接受法相汉娜的训诫：“孩子们，你们别学老西，他是老不正经的东西。”

一脸慈祥却话语尖刻的汉娜，调侃西塔和埃它的同时，还不忘捎带埋汰西格玛几句。事实上，西格玛年轻时也确实风流倜傥，甚至也对汉娜动过歪脑筋……当然，当时的汉娜也特别欣赏西格玛和他拥有的第七维度修为，因此没少向他抛去风情的媚眼。只不过，为了攀权附贵，她后来嫁给了当年法相的三公子。

今天汉娜之所以一改平常冷漠专横的态度，而且有闲情和西塔和埃它调侃，是因为好消息不断传来，让她心情大好。

预警方案“罗他 X－9 计划”进展顺利，部分网络漏洞可以修补，至少可以确保在计划实施前正常运转。

太空拓展部派出去的几路人马已经班师，目前至少发现了四颗具备生命生存条件的星球，其中包括两个紧紧相连的双子星球和天琴星球。

汉娜对太空拓展部遴选出来的两个星球都有极大的兴趣。

银河系西侧的双子星球，外形、质量极其接近。由于它们的球心万有引力相同，彼此吸引对方，互相围绕对方旋转。只要在其中一个星球上投放新生命体，另一个星球上就会有相对应的生命体出现。换言之，如果能培育出优良的生命物种投放到一个星球，另一个星球上就会出现同样的生命体，这种有趣的现象将会成倍地提高奥密伽7星人获得智慧能源的效率。当然，当这个生命体死亡的时候，另一个星球的生命体也会同时结束生命。

另一颗天琴星球是银河系中最灿烂的星球之一，因形状犹如一架竖琴而得名。这个星球让汉娜满意的原因是，每年春秋两季整个星球将弥漫着美妙动人的琴声，会让星球上生灵的智慧成倍提升。更直白一点说，如果在那里投放优秀物种，将成倍地得智慧能源。

更让汉娜喜不自禁的是，伊娃与彼德之间的关系已经按照她的绝密计划迈出了可喜的一步。现在，真可谓万事俱备，只欠“东风”。这个“东风”正是她要向安全总部发出的最新指示。

“老西啊，该是和地球人摊牌的时候了。我今天本来心情大好，但是，大概是因为那个不安生的彼德又在琢磨古怪的事情，终端数据库的首领代尔他刚才发来警情说，他的巨型计算机数据库再次大面积死机。监测大数据表明，彼德思考时巨大的耗能正是导致出现这种状况的原因。目前，已经毁坏而不能修复的设备竟然达到了半数以上！

“后勤安全监察部首领泽它也告急说，他那儿的淡水制备设备也大半处于瘫痪状态，另外小部分也处于非正常状态。如此下去，我们可能连水都喝不上了。此时再不和地球人做个了结，我的心也快要操碎了！”

让汉娜的大好心情招致破坏的正是彼德最近产生的念头，他整日整夜地琢磨如何设计制作最新版本的“记忆神器”，再次引发奥密伽7星球能源危机。

汉娜命令西格玛发出向地球人摊牌的最后通牒。

“西格玛先生，我代表至高无上的女皇正式命令你，派出专人去地球，务必将伊娃毫发无损地带回来！”

“将伊娃带回来？”西格玛顿生狐疑。将伊娃带回来？伊娃不是地球人吗，又谈何“带回”？再说了，你一直关注的人不是彼德吗？怎么却只带回伊娃？

他不得不问：“把彼德扔下，带回伊娃？她可是彼德的最爱，那小子会同意吗？惹毛了他，没准儿他又干出什么出格的事情。”

西格玛最后一句话的潜台词是，“万一收不了场，就别再怪罪我了”。但他没敢直接说出来。

“所以，我给你一个备用方案。如果不能将伊娃安全带回来，必须现场摧毁彼德的记忆功能。”

“咱们在太空新发现的‘双子星球’‘天琴星球’，安排什么样的生命体作为新物种呢？”西格玛不假思索地反问。

“老西啊，你还不了解我吗？我得不到的东西，任何人都休想得到！给你的备用方案不就是为了防止出现这种风险吗？”

汉娜几乎是咬牙切齿地回答，但是，在她的内心深处却保留着一个隐秘的核心机密。这是她孤注一掷的王牌，而这张王牌除了她和女皇，所有奥密伽7星人都被蒙在鼓里。

“还有什么要问的吗？老西，请你立即安排手下启程前往地球。”

西格玛下意识地伸出左手弯曲的食指，对视频中的汉娜表示遵命。

西格玛领命后，转身面向西塔，挥手在空中划了一个大圆圈，命令西塔立即召集安全总部的全部首领开会。

在西塔通知各部门首领时，西格玛命令身边的埃它：“密切跟踪伊娃！”

埃它还沉浸在彼德和伊娃调情打俏的场景中，要不是汉娜的信号强行切入，他真想再看一百遍。

监控屏幕上再次出现上海迪斯尼宾馆的画面。突然，巨型监控屏幕上出现了雪花，同时发出超强频率的刺耳呼啸声，让西格玛感到一阵眩晕，甚至感觉五脏六腑都被搅错位。他怀疑，他真的是老了，不中用了，这么一点点噪音就弄得他心神不宁、五内如焚。他下意识地用双手捂住双耳，痛苦地瘫坐在椅子上。当他试图挣扎着命令埃它立即关掉监控时，却发现埃它手捂两耳痛苦地在地下翻滚，痛苦的反应似乎比他还要强烈。西塔也承受不了这种超强频率噪音，痛苦地挣扎着试图关掉监控音频。不同的是，他不像西格玛和埃它双手捂着耳朵，而是痛苦地用右手捂着胸口。正在此时，奉命参加紧急会议的各部门首领几乎同时到来，不幸的是，这些身着红色、紫色、橙色、白色、黑色制服的首领们，刚刚踏进安全总部大门就一个个人仰马翻，丑态百出。

西格玛实在忍受不了这种听觉和视觉上的强烈干扰，也不等西塔关掉监控音频，他伸手扯掉监控设备的电源，顿时让一切归于平静。身着五颜六色制服的首领停止挣扎，纷纷从地上爬起来，睁大惶恐的眼睛，喘着粗气。

西塔挣扎着爬起来，先跑到西格玛身边，帮助他整理好制服上的风纪扣。他知道，西格玛最注重在下属面前的形象。

西格玛欣慰地看着西塔帮自己整理风纪扣，然后低声命令道："别管我，赶紧打开监控。"

“打开监控?”西塔听到西格玛的命令愣住了，他不敢打开监控。

见西塔犹豫，西格玛长叹一声：“傻孩子，先关掉音频，再打开视频，监控一刻也不能停啊!”

西塔小心翼翼地走向监控设备，按照西格玛的指示，先关闭音频，准备重新启动监控设备。

此时，部门首领恢复了知觉，一个个尴尬地爬起来，整理好制服，恭恭敬敬地站立在一边，准备听候西格玛训诫。

看到各部门首领列队恭候，西格玛站起身来准备讲话，转身发现监控屏幕上还是漆黑一片。

他不等西塔重新启动设备，神色凝重地说道：“各位，今天请你们来有一件紧急而特殊的任务……”

西格玛故意略做停顿，一则想等待西塔启动监控设备，以便对照监控画面让各位直观地看清任务的目标伊娃；再则，他也想看看各位属下的反应。

众属下被他凝重的神色震慑得挺立身板，静静聆听着。他不得不接着说道：“这是女皇的懿旨，汉娜法相亲自下达的命令，由我们安全总部立即选派人员前往地球，安全地接回伊娃。”

“接回伊娃?”众首领一阵骚乱，交头接耳，相互询问。这也难怪，监控视频没有恢复，他们对于伊娃没有任何印象，大概除了埃它和西塔知道伊娃是谁，其他人都感觉在云里雾里。不过，他们对埃它绑架了地球人彼德和伊娃的事儿略有耳闻。

“接回”而不是“抓住”，难道伊娃是奥密伽7星人？

“不就是埃它绑架过伊娃嘛，好办，再让埃它兄弟走一趟得了。”

说这话的是后勤安全监察部的首领泽它。彼德大量消耗智慧能源时，首当其冲受影响的就是他的部门。海水淡化设备几乎瘫痪，氧气停止供给，为此，他没有少挨西格玛批评。听到西格玛布置这个任务时，他抱着吃瓜观众的心理弱弱地说道。他的话引起众首领一阵哂笑。此时，他们全然忘记刚才被高频噪音折磨得满地乱爬的窘态。

“严肃点儿！泽它，就你——想去执行这个任务都不会派你去！”西塔严肃地说。

又是一阵哂笑后，众人的目光聚集到巨型监控屏幕上。有人见监控设备再次启动，下意识地捂住耳朵。

“放心，西塔已经关掉了音频。”西格玛见属下心有余悸，心中一阵惭愧，厉声喝道。

不过，此时监控屏幕上出现的却是不断闪烁的黑白相间条纹。

第九十四章　内外交困

奥密伽7星球安全总部。

看到闪烁的黑白相间条纹，西格玛心中五味杂陈。刚才超强高频的噪音似乎还萦绕在耳畔，属下的尿样让他感到特别揪心。他还没指派谁去地球执行任务，他们就开始挑挑拣拣、推三阻四。是不是因为自己老了，在这帮年轻人面前说话不好使了？

西塔把监控设备调试完毕，画面上，彼德和伊娃幸福地十指相扣，站在舞台上和全家人合影。

西格玛见监控视频无恙，沮丧的心情稍稍平复，命令西塔：“定格，拉近。”

画面中只有彼德和伊娃。西格玛指着伊娃说道：“请你们看清楚，她就是伊娃。汉娜要求我们不惜一切代价，把她毫发无损地‘带回’奥密伽7星球。”

无数个疑问像剪不断、理还乱的麻团，缠绕在各部门首领的心头：

“‘带回’，难道她是奥密伽7星人吗？”

“‘不惜一切代价’？这个女人这么金贵？”

“‘带回’她？彼德会答应吗？”

众首领忘记了这是西格玛在发布命令，竟然七嘴八舌地议论起来。西格玛见众首领在自己面前如此放肆，这在平时绝对是他不能容忍的行为，然而，这不是特殊时期嘛，用人之际，他对此似乎也宽容了许多，没有立即喝令众首领停止妄议。平心而论，属下这些疑问也是他心中解不开的疙瘩。

“各位兄弟，彼德和伊娃举行订婚仪式，已经是过时信息了吧！”埃它突然提高嗓门大声说道。

众首领茫然四顾，面面相觑。

西塔清楚记得，监控信号恢复正常后，他曾经看到彼德和伊娃在宾馆里嬉水打情骂俏热烈亲吻的画面，那个画面显示的已经是他们举行完订婚仪式后，逃离功德林素菜馆的事情了，现在的画面怎么反而退回到订婚仪式现场？难道监控信息又出现了滞后现象？

西格玛也被埃它的话挑动了敏感神经：“监控信息又滞后了？”

其实，监控信息滞后与否对西格玛来说已经不是特别重要了，扯痛他敏感神经的是引起监控设备滞后的根源——据说是女皇家族成员所为，还不让他深究，只能假装不知道。

他不想陷入这种痛苦的撕扯中，下意识地喝令西塔：“继续监控中国上海。”

西塔伸出左手弯曲的食指表示遵命。监控屏幕上的画面更让西格玛和所有部门首领惊讶不已，那应该是举办赵笃甫百岁寿宴前一天晚上的画面。

赵笃甫家中，赵笃甫夫妇已经入睡，赵亚文在宴会现场配合袁主任。依莎贝拉熨好赵步蟾的礼服，仔细检查伊娃的婚纱，再把《黄帝内经》善本包好放在餐桌上。伊娃已经酣然入梦。彼德还在捣鼓什么，书桌上堆满东西……

这个画面显示的应该是更早一些的事情。按照地球时间推算，已经是两天前发生的。为什么这个监控设备收到的信息如此滞后，而且还有继续逆向追述的趋势？

泽它再次扯着嗓门喊起来：“那小子又在捣鼓‘记忆神器’吧？难怪我们的海水淡化设备又报警了。这个情景和上次差不多，要说不同，就是干扰强度比上次高出了数千倍。”

上次彼德制作大批“记忆神器”时，导致奥密伽7星球一系列能源设备出现故障。

泽它的放肆让西格玛十分恼怒，但是想想眼下四面楚歌的境地，他压下怒火，关切地问泽它：“现在海水淡化设备运行状态怎么样？”

“报告长官，时好时坏，像抽风一样。为了保障淡水供应，我们时刻派人维护。”

听到泽它的回复，西格玛无奈地向西塔挥挥手，示意他关掉监控视频。他一改平日里强硬的作风，用慈爱的口吻对泽它说道：“辛苦了，孩子！你继续严密监控，保障后勤供应。”

泽它也为自己的冒失与唐突感到不安。见到西格玛如此体恤，他连忙伸出左手弯曲的食指示意遵命。

西格玛扫视一下众首领，长叹一口气，说道：“这种过时的信息不看也罢。各位已经认识伊娃了吧？她原来只是7岁小女孩，现在却变成性感成熟的美女了，不知道汉娜为什么对她如此大动干戈！唉，不说这些了，我们还是回到今天会议的主题上来吧。今天召集各位来，就是想和各位商讨一下，如何执行汉娜的命令。按照她的命令，我们遴选什么人去，什么时间去，用什么方式去。”

所有人都作沉默状。

“要让我说，派什么人去合适我不知道，但是不能派什么人去，我倒有个建议。”泽它今天有点破罐子破摔的架势，他的话明显是在拉仇恨。

西格玛长长地“嗯”了一声。可是，还没有等他的“嗯”声落音，泽它已经直呼其名地喊道：“要是派埃它去，事情一定会被搞砸的！”

埃它没想到在众位部门首领会议上，泽它竟然当面责难、贬损自己。他按捺不住心头怒气，拔出激光佩剑，直刺泽它面门。

泽它也不示弱，顺手从身旁终端数据库首领代尔他腰间抽出高频磁场佩剑迎上去。按规定，安全总部部门首领都配发防身的高科技佩剑，唯独后勤部门没有，这也是令一贯老实木讷的泽它窝火的原因。为此，他曾经向埃它甚至西格玛申请过，但总是不了了之。事实上，泽它力争这个待遇绝不仅仅是为了自身安全。奥密伽7星球地处太空深处，根本没有外敌入侵之虞，除非内部矛盾导致极端冲突。其实，他要的只不过是一份“荣誉”而已，因为佩剑是女皇亲授安全总部各部门首领的荣誉。

“都住手！”西格玛绝对没有想到，汉娜的命令还没有落实，安全总部首领会议竟演变成全武行。

西塔见西格玛震怒，连忙按下埃它手中的佩剑，一步抢到泽它面前，友好地拍拍他的肩头，将他手中的佩剑还给代尔他。

一场一触即发的打斗暂时平息，但在这种氛围中讨论如何执行汉娜的命令看来是不可能的了。

为了争夺利益、权力和所谓的“荣誉”，在等级森严的奥密伽7星球内部已经成为巨大的内耗。西格玛想到前些时候，自己在女皇召开的高等级会议上，被活生生剥夺第七维度修为的耻辱。

痛苦的回忆涌上西格玛心头，但他心中明白，即便有太多的无奈，在宇宙霸主生死存亡时刻，他也要隐忍。他挥挥手，命令道：“休会！埃它，泽它，你俩留下。”

其他部门首领灰溜溜地退出了会场。埃它、泽它相互瞪了一眼，无奈地耷拉着脑袋静候发落。

留下的还有西塔。他既为西格玛的精神状态担心，也为两个兄弟将要受到严厉的责罚担心。

西塔主动留下来，让西格玛感到孙子最懂自己。他没有立即训斥埃它和泽它，而是把他们晾在一边，把西塔叫到身边悄悄问道：“监控信息怎么又滞后了？”

西塔明白，监控信息滞后绝不仅仅是设备故障这么简单的问题，而是牵扯到西格玛避讳的女皇家族成员那根敏感神经。既然是汉娜的嫡系科研部门都处理不好的问题，安全总部就别再异想天开了。

但是，今天的信息滞后和早些时候的超强干扰一同出现特别蹊跷，应该值得警觉，尤其监控中国上海时，两件事一前一后发生，会不会与彼德和伊娃有某种关系？再联想到埃它告知监控信息滞后涉及女皇家族成员，西塔不由得后背冒冷汗。难道，彼德、伊娃和女皇家族成员有瓜葛？他不敢再往下联想，抬头看着西格玛。

“爷爷，让我和埃它、代尔他一同去地球吧。”

西塔没有正面回答西格玛，而是王顾左右而言他地说出了早就酝酿好的想法。

西塔胸有成竹地说出到地球执行任务的人选，这也是西格玛内心确认的最佳人选。要不是以防万一，涉及删除彼德的记忆功能，甚至连代尔他都可以不去。

爷孙俩一直低声嘀咕，静候发落的埃它和泽它在一旁既不敢多嘴，更不敢乱动。突然，泽它肩头的内部通话仪发出蜂鸣声，他用祈求的眼神看着西格玛，得到应允后才摁下接听键。

“头儿，你能快点回来吗？制氧设备报警，已有两台停止运转了。”

泽它心里凉了半截。为了让西格玛了解现在的危情，他摁下免提键，再次问道：“什么情况？你再说一遍！”

“制氧设备报警，已有两台停止运转了。”

后勤安监部出现警情，对西格玛而言无疑是雪上加霜。地球上的事情还没有处理好，奥密伽 7 星球却马上面临缺氧、缺水甚至失去一切能源的局面，真走到那一步，他三个脑袋都担待不起。他来不及再与泽它计较，立即示意泽它："你立即回去处理警情。"

泽它却一反常态，没有立即执行命令，而是苦着脸向西格玛祈求道："尊敬的西格玛先生，我现在回去也解除不了警情。彼德一天不安生，咱们一刻不得安宁。"

泽它把产生警情的原因归咎于彼德，变相把责任推到埃它身上，因为是他把彼德放回地球的。

晾在一旁的埃它心头怒火再次被点燃，但憋了一肚子委屈没敢当场发泄。无论绑架彼德，还是放归彼德，都不是他擅自做出的决定。

西格玛也意识到彼德反向消耗奥密伽 7 星球能源，固然不能怪罪泽它，也不能指望他解除警情。但是，他借此诬陷埃它的手段，也真够狠的。

"爷爷，您稍事休息，我陪同泽它到后勤安监部看看。"此时的西塔已经完全站在更高的层面通盘考虑和处理问题了。他也清楚，即便他去，也未必能处理好，但是，让带着情绪的泽它闹下去，只会导致事情更加糟糕。

西格玛点点头，示意西塔和泽它去后勤安监总部。他疲惫地微闭双眼，瘫坐在椅子上。

埃它依然被晾在一旁面壁思过……

第九十五章　同归于尽

美国华盛顿 DC 郊外蓝莓庄园。

夜已经深了，蓝莓庄园内死气沉沉。一两声令人毛骨悚然的猫头鹰叫声，和庄园高高围墙上闪动的激光监控探头构建成一幅诡异的画面。

地下室病房内，只留下阴森森的紫外线灭菌灯。床头长程脑电波监测仪，突然发出一阵蜂鸣声，平滑的电波跳跃起伏。吉茜卡下意识地睁开眼睛，仰视着天花板，只能看到阴森的灯光，听到令人生厌的嗡嗡声。她试图伸出右手时却发现，她可以轻松地移动手臂了。

正当她试着转动脖子，查看病房内的情况时，一位女护士被监测仪的提示音惊醒了，起身走到床头，查看吉茜卡的状况。吉茜卡立即屏住气息，安静下来。

但是，她的安静并没能逃过女护士的眼睛。因为她头上佩戴的电极和显示屏上显示的正常脑电波，证明她已经具备了正常人的思维功能。

正当女护士拿起电筒查看吉茜卡的瞳孔时，吉茜卡迅速扯掉头上的电极，一把攥住女护士的手，一个鹞子翻身从床上跳下来，顺势将女护士摔到床上。她腾出左手，在女护士的颈动脉处轻轻一揉，女护士立即瘫软在床。她将头戴式电极仪套在女护士头部，扯掉她身上所有电线后，用床单将女护士盖好，悄无声息地推开房门仔细察看。

病房外灯火通明，左边是通道的尽头，右边是一条长通道，通道两旁看不到任何门。看来这个通道是通向病房的唯一路径。右边通道的尽头，隐约可见两名荷枪实弹的警卫来回巡视，若想从通道逃跑完全没有可能。

吉茜卡悄悄关上病房门，退回病床边。休克的女护士依然一动不动地躺在病床上。当她确认房间内没有其他人时，向“猎鹰”再次发送自己的定位。

只可惜，“猎鹰”仍旧认为这是“蓝颜”为他设置的圈套。即便他不这样想，上峰也不会让他前往。

就在吉茜卡继续向“猎鹰”发出求救信息时，通道里传来一阵嘈杂的脚步声。一群武装警卫向病房冲过来。他们通过中央监控视频发现这里有情况，在“蓝颜”的带领下赶来。

吉茜卡心里很清楚，虽然自己身怀绝技，毕竟寡不敌众，且手无寸铁。她将门反锁，敏捷地跳上床头柜，伸手打开天花板上的通风口，潜入通风管道。

当“蓝颜”带领手下破门而入时，吉茜卡已经不知去向。

进入通风管道后，吉茜卡在稍稍宽敞的弯道处坐下来。她知道再向“猎鹰”求援已经无济于事了，果断地通过胸前的微型通讯装置，接通了旧金山 FBI 分局的特级警示系统：“F2，F2，F1 呼叫！”

很快，对方回复：“F2 收到，F2 收到，请指示。”

“立即启动地对地战斧式中程巡航导弹，目标西经 77.03，北纬 38.55，随时待命。同时，将发射指令密码转移到我的移动控制芯片。”

“F2 明白！目标西经 77.03，北纬 38.55，随时待命！”

FBI 旧金山分局值勤处的 F2 收到吉茜卡发出的指令后，突然感觉不妥，立即再次呼叫吉茜卡：“F1，F1，目标西经 77.03，北纬 38.55，已经设置完毕，随时待命。不过，头，那里可是首都华盛顿啊！”

“这是暗藏在首都郊区的恐怖组织窝点，别废话，执行命令！”

“F2明白！”

安排妥当后，吉茜卡顺着通风管道向上爬去。

“蓝颜”带人冲进房间，看到长程脑电波监测仪显示屏上仅剩一根平滑的直线在游动，愤怒地扯掉床单，发现床单下是昏迷的女护士，扔掉床单，恨恨地骂道：“蠢猪！”

他观察四周，窗户关得严严实实。事实上，这个位于地下三层的“窗户”根本没有采光和通风的功能，只是改善视觉的一种装饰。床头柜已经被挪动过，床头柜的上方是天花板上通风口，肯定是吉茜卡唯一可能逃遁的途径。“蓝颜”看看身边，手下都是人高马大，根本不可能进入狭窄的管道通风口。

一伙人立即封锁了所有通风管道出口，另一伙人在“蓝颜”的带领下往古堡的顶层赶去。

吉茜卡顺着通风管道一直往上爬，她已经隐隐感觉阵阵刺骨的寒风迎面吹来。华盛顿DC日夜温差特别大，她根据经验判断，不远处应该会有出气口。她再往上爬，管道直径越来越粗，很快她就清晰地看到星光了。在直径一人多高的通风管道内，身材娇小的她可以毫不费力地直立行走。

吉茜卡深吸几口带着森林味道的空气，眺望四周，发现自己已经身处古堡顶层，而古堡四周早已被荷枪实弹的警卫团团包围了。

突然，在古堡正门的方向，一个巨大的探照灯打开，惨白的灯光像利剑一般直刺通风管道口。一群警卫正在搭建云梯，试图登上古堡屋顶生擒吉茜卡。

“蓝颜”挥舞着手枪喝令道：“抓活的，没有我的命令不许开枪！”

面对出现的警卫，吉茜卡闪身跳到古堡顶层的边缘，侧身一看，下面却是黑洞洞深不见底的悬崖。

一架直升机轰鸣着起飞，直接悬停在古堡顶部的平台上空，射出一道刺眼的光束，照得吉茜卡无处遁形。

说时迟那时快，紧随其后的“蓝颜”通过云梯登上古堡顶层的环廊，与吉茜卡所在的平台只隔着一条布满紫藤的甬道。看到吉茜卡，“蓝颜”连忙用他们经常使用的土著语言示意她不可鲁莽：“Ë—ËǚψΨξωψψψЮ（亲爱的，别误会，你醒了，我很高兴）。”

吉茜卡装作听不明白，再次摁动胸前的通讯装置：“F2，F2，F1呼叫。”

F2立即回复道：“F2收到，请指示。”

“从现在起，不要关闭我们的通信系统，保持畅通！同时立即联系‘猎鹰’，让他听到我们的通话。”

“F2明白。”

安排好后，吉茜卡用英语大声对“蓝颜”喝道：“你说什么，我听不明白!”

听到吉茜卡的怒吼，“蓝颜”一时有些犹豫。他不想在大庭广众之下暴露他们的谈话内容，但转念一想，也有可能吉茜卡因为车祸导致大脑受损，失去了多种语言功能。不得已，他只能用英语向她喊道：“亲爱的，别误会，你醒了，我很高兴!”

“亲爱的，这里是什么地方?”吉茜卡故意问道。

“放心，我的宝贝，这里是我们的家!”“蓝颜”一面稳住吉茜卡，一面喝令警卫放下枪。

美国白宫，“火狐计划”指挥部。

夜深了，这里灯火通明。在巴瑞将军的劝导下，“猎鹰”率领一行人再次掉转车头，回到“火狐计划”总部驻地待命。

“猎鹰”部署手下紧急联系北京方面，随时交流最新信息。他悔恨地握着右拳，一边不停地敲打左掌心，一边来回踱步。

突然，警卫长报告：“头儿，内线，FBI旧金山分局来电。”

“猎鹰”正为吉茜卡被掳走而懊恼，听说FBI旧金山分局来电，他忙不迭地拿起话筒。对方礼貌地问道：“您好，请问是‘火狐计划’总部的‘猎鹰’吗?”

“我是。”

“‘猎鹰’先生，这里是FBI旧金山分局，我是吉茜卡局长特别助理F2，从现在起，您可以听到她和对方的通话，请保持信号畅通。”

“吉茜卡和对方的通话……”

显然，对方一定是掳走吉茜卡的人，此刻她还能将双方的对话进行“现场直播”？想到此，“猎鹰”下意识地问道：“吉茜卡现在什么地方？”

“报告，刚刚收到她发来的定位，西经77.03，北纬38.55。”

“西经77.03，北纬38.55？”

“猎鹰”悔恨地一拳捶向掌心，喃喃自语道：“该死，吉茜卡已经两次给我发送这个定位了。”

不容他多想，话筒里已经清晰地听到对方和吉茜卡的通话：

“亲爱的，听我说，你从这儿跳下去很容易，但是，你们地球人却无处可逃了。奥密伽7星人要和你们做一个彻底地了结！”

吉茜卡相信这是真话。虽然她不知道自己昏迷了多长时间，但是根据势态的发展来看，奥密伽7星人要跟地球人做一个了断，完全是一种必然趋势。她早已将自己的生死置之度外，此刻她关心的还是能从“蓝颜”这里尽量多地获取有价值的情报。于是，她稍稍向前迈了一步，做出接近“蓝颜”的姿态，摆出愿意倾听的样子。

“蓝颜”觉得自己的劝慰已经起作用，于是接着说服她：“其实，我也无路可走了。地球人要是准备拼个鱼死网破，加害伊娃，我也活不成了！我的任务其实和你们一样，也是保护伊娃。”

听到这里，吉茜卡完全明白了在北京的三国专家会议上，当她把“蓝颜”作为“更重要的人质”抛出时，A2 所持的怀疑态度。现在看来，的确如 A2 分析的那样，眼前的“蓝颜”不但不是奥密伽 7 星人最关心的角色，相反，他还得奉命保护好伊娃。

“蓝颜”见吉茜卡在思考，接着说道：“现在你只有两个选择，一是跟着我，马上控制住伊娃，她将是我们活命的一个重要筹码，也是我们获得成功的一张王牌；一个是你将继续在这里昏迷。等我干完这一切，再让你醒来，给你一个惊喜！”

“猎鹰”清楚地听到了吉茜卡与“蓝颜”的对话。此刻，他已经完全明白了吉茜卡与“蓝颜”之间的恩怨情仇，明白了“蓝颜”为什么铤而走险掳走吉茜卡，也更明白了奥密伽 7 星人锁定的目标就是伊娃，企图将伊娃毫发无损地带回奥密伽 7 星球。

“猎鹰”凭借资深情报专家的经验意识到，如此重要的第一手信息，应该马上让巴瑞将军知道，让北京的三国专家知道。他不敢怠慢，斩钉截铁地命令助理："立即接通巴瑞将军；立即接通北京的奥莉维亚！"

很快，巴瑞将军和北京三国联席会议上的专家都在第一时间听到了吉茜卡与"蓝颜"的对话。

"等等，先听我说……"

此时吉茜卡特别冷静，根本不像身处险境。

事实上，当吉茜卡听到"蓝颜"要去"控制"伊娃时，她清楚地意识到，这意味着三国联手对付奥密伽 7 星人的最后一个筹码也将失去。不行，必须阻止他的行动，更不能让他将自己再变成昏迷状态。

看到吉茜卡在犹豫着，"蓝颜"抢前一步，周围严阵以待的武装警卫见状也一拥而上，向吉茜卡扑去。

"等等！""蓝颜"再次喝退手下。他知道，现在吉茜卡插翅难飞，既然她有话要说，就让她说吧。他脸上堆起笑容，尽量用温柔的语气问道："你还有什么想说的吗？"

"我只想问你，伊娃对你这么重要吗？"

"亲爱的，'顺我者昌，逆我者亡'是奥密伽 7 星人的一贯做派。保护好伊娃，我还能有一线生机，要是她有什么闪失，别说我难逃一劫，他们还会用更残暴的手段加倍报复人类。你也看到了，这次发生在你身上的离奇车祸，就是对你我的一次小小的警告！"

"离奇车祸？"听到"蓝颜"无意中说出这个信息，

“猎鹰”立刻联想到这场车祸前前后后的种种蹊跷。从“蓝颜”爽约，到临时改变约会时间地点，再到吉茜卡临危赴约、遭遇“车祸”，直至从ICU病房被掳……这一切的一切，背后都有奥密伽7星人干预的黑手。

奥密伽7星球安全总部。

西塔和泽它赶往后勤安监总部处理设备停转警情。留在西格玛办公室内的埃它见西格玛疲惫地靠在椅子上，出于职业本能，他试着关掉监控设备音频，再次启动监控视频，画面上还是四联屏，分别监视着北京、上海、华盛顿和金字塔。

监视华盛顿的屏幕上正显示“蓝颜”和吉茜卡在古堡顶层平台上对峙的画面。

看到这个画面，埃它兴奋地推醒西格玛：“尊敬的西格玛先生，监控信号又回复到实时状态了。”

西格玛揉揉惺忪的眼睛，转身看去，监控视频果然处在实时状态。

监控设备恢复正常，西格玛命令埃它：“打开音频。”

监控音频没有出现令人恐怖的高频噪音，也恢复正常。西格玛和埃它清楚地听到了“蓝颜”与吉茜卡的对话。

西格玛清楚地看到了“蓝颜”的真容，凭借他的第四维度修为确定，这个“蓝颜”正是在ICU病房前催发超强蓝光掳走吉茜卡的人。顿时，他心中产生无数的设想：难道他就是我爷爷派到地球的卧底？难道他就是汉娜所说的执行奥密伽7星人特别任务的人？没有容他多想，只听到吉茜卡仰天大笑道：“哈哈，哈哈！太可悲了，你的任务不是保护伊娃嘛，你不是想知道三国专家联席会议的情报嘛，都在我的芯片中，拿去吧，我祝愿你此行成功!”说完，她将手慢慢地伸向胸前。

见吉茜卡突然转变态度，一丝恋情划过“蓝颜”的心头，希望她真能回心转意，跟他执行“保护”伊娃的特殊任务。任务完成后，他们双双共享荣华富贵。

见吉茜卡突然转变态度，“猎鹰”同样心头一紧，难道吉茜卡是双面卧底，她要出卖三国专家联席会议的情报，换取自己的卑鄙的自由？

正当“蓝颜”想入非非、“猎鹰”疑虑重重时，吉茜卡摁下了胸前移动控制芯片的启动键。

三枚射程为三千公里的战斧式地对地中程巡航导弹，从旧金山导弹基地喷薄而出。顷刻间，那座美丽的蓝莓庄园被夷为平地……

第九十六章　移师上海

北京西山某军事重地。

三国专家联席会议已经连轴转了将近三十多个小时。好在这个位于地下数百米的秘密基地，只有依靠灯光照明，判断时间只能凭借钟表，日月晨昏并没有给专家们太多时间概念上的压力，他们累了就在附近的沙发上小憩一会儿。

自从“猎鹰”把吉茜卡的电话转接过来，所有专家睡意全无，都围坐在电话旁聆听这场生死对决的“现场直播”。

“……你不是想知道三国专家联席会

议的情报嘛，都在我的芯片中，拿去吧，我祝愿你此行成功！"

当吉茜卡面对杀气腾腾的"蓝颜"，以一种十分平和的语气说完最后一句话时，所有专家和"猎鹰"一样，都绷紧了神经，毕竟吉茜卡曾经在这里接触过高密级文件，掌握太多的会议机密内容。难道她是双面卧底，要出卖地球人的情报？

突然间，一阵山崩地裂、震耳欲聋的爆炸声从话筒内传来，然后一切都归于平静。

"猎鹰"也被爆炸声震惊了，他和所有专家一样，不知道巨大的爆炸声缘于何故。但是，他和所有专家不同的是，两行热泪止不住地夺眶而出：

"头啊，头啊，亲爱的吉茜卡——我该死，是我杀了你啊！""猎鹰"和三国专家突然听到撕心裂肺的哭声。此时"猎鹰"似乎意识到通过电话再也听不到吉茜卡的声音了。刚才那个撕心裂肺的声音一定来自 FBI 旧金山分局的 F2。

他当即通过另一条内线拨通 F2 的电话："F2，F2，什么情况，你说清楚！请保持原有通话系统畅通。"

F2 清醒过来，接通"猎鹰"的电话，尽量控制住内心的痛楚，讲述几分钟前的情况："报告长官，吉茜卡——吉茜卡殉国了！是我，是我害了她啊！"

F2 哽咽着讲述刚才发生剧烈爆炸的原因以及几分

钟前他所经历的一切。他的讲述让远在北京的三国专家也从惊心动魄的爆炸声中回过神来，仔细聆听事情的过程。

“几分钟之前，我接到了吉茜卡局长的定位信号，她命令我把通信信号转给你。之前，她命令我立即启动三枚地对地战斧式中程巡航导弹，瞄准西经77.03、北纬38.55的目标，随时待命。同时，她命令我将发射指令密码转移到她的移动控制芯片中去。”

“这么说，启动三枚战斧式地对地导弹发射系统的人就是吉茜卡？”“猎鹰”已经完全明白了，吉茜卡以身殉国，与奥密伽7星人的卧底同归于尽了。

北京的所有专家默默起身，向远方静静地默哀。

“各位请坐下吧。”三分钟后，A2一边安抚专家坐下，一边搀扶着吴岳，请他在自己身边就座。他真心地心疼这位耄耋老人，不仅连续三十多个小时陪同三国专家商讨地球人生死存亡大计，还一次次承受彼德和伊娃失踪、吉茜卡壮烈殉国等突发性事件的痛苦煎熬。

“谢谢！我再也坐不住了！朋友们，我们不能再在这个深不见日月的地下束手待毙了！”吴岳转身向A2深鞠一躬，然后面向所有专家，慷慨激昂地说道。

现场的专家立即从刚才的悲痛走出来，纷纷小声议论着。

见专家们激昂的情绪再次被点燃，A2 轻按吴岳的双肩，道："吴老，您先坐下，各位也坐下。我正想和大家宣布一个决定，那就是我们立即移师上海，因为那里有我们唯一可以面对的重要目标——无论是彼德，还是伊娃；无论是我们的保护对象，还是我们要慎之再慎去面对的奥密伽 7 星人卧底。"

"吉茜卡已经牺牲了，'蓝颜'又成了奥密伽 7 星人的殉葬品。彼德和伊娃再次莫名其妙地失踪，咱们不能再隔岸观火啊。"刚刚坐下的吴岳说着说着，又情不自禁地站起来，对 A2 提出移师上海的建议表示极力赞同。

A2 见移师上海的提议刚刚宣布，就得到专家的认可，便欣慰地点头补充道："事实上，我们前几天就已经开始酝酿移师上海的计划了。原来请各位来北京，一是考虑到各位的安全；再就是，毕竟我们在北京可直接得到候风灵动仪的第一手资料。然而，现在我们的主要信息已经依靠远在贵州大山里的'天眼'和升级版的候风灵动仪获得。当然啰，埃及金字塔里面的监控设备也在逐步恢复运行了，是吧，凯恩教授？"

凯恩教授见 A2 一边向各位补充，一边询问自己，连忙回答道："在贵国的支持下，我们已经通过贵国大使馆收到了大量先进的监控设备，运用这些先进设备的最新技术加上金字塔的神奇作用，目前已经恢复了天地间的信息接收工作。不过，即便那些先进设备再加上金字塔的特殊功能，我们接收到的太空信息也远不如你们的‘天眼’。”

“别这么说，凯恩教授，金字塔对我们还有特殊的作用。”A2当着所有专家的面，充分肯定了埃及方面做出的贡献。

说者无心，听者有意。A2的话戳中了凯恩教授心底的纠结点。特别是吉茜卡生前大义凛然地将奥密伽7星人的卧底、自己的情人举报出来的行为让他感动。那一刻，他差一点儿把金字塔最高管理机构埃及古迹委员会主席乌纳斯法老和那位背后的神秘人物和盘托出。虽然他还没有直接的证据证明他们就是奥密伽7星人安插在地球的卧底，至少，他们与奥密伽7星人有着扯不清的瓜葛。更让他心神不宁的是，自从接到这个任务，在金字塔内监测奥密伽7星人的诡异信号那天起，他心中就有一个挥之不去的疑问，法老和那位神秘人物究竟出于什么目的，投入这么多人力与财力，还将他这个堪称埃及最优秀的通信专家扯进来？虽然，中方的介入让他洞悉这是一场人类与外星人之间生死对决，然而，他总觉得自己既然知道法老与那位神秘人物以及奥密伽7星人之间存在着扯不清的关系，此刻他真想一吐而快。

“现在已经是上午十点多钟了，那俩孩子又失踪了，他们不会露宿街头吧？”正当会场上一片沉默，等待凯恩教授回应 A2 的当口，一直窝在会场一角的杜丽丽说话了。

在这种高级别的三国专家联席会议上，她属于晚辈，完全处于旁听状态。

又是一句说者无心听者有意的话，A2 立即从杜丽丽的话中得到启发，马上请助理胡茜茜接通 A3 的电话："嘿，伙计，寻找彼德和伊娃有什么新的进展?"

"报告，我们正在动用全部警力查看所有道路上的监控录像。"A3 简洁地回复道。

没等他说完，A2 就发出了新的指示："立即派出专人，调阅昨天晚上上海所有宾馆酒店的入住记录。"

"明白。"A3 领命。

奥密伽 7 星球安全总部。

趁西格玛小憩的工夫，埃它打开了监控设备，突然发现监控信号又恢复到实时状态。监控设备恢复到实时状态，就不会出现干扰噪音，埃它又打开了音频。

西格玛和埃它不仅清楚地听到了"蓝颜"与吉茜卡在古堡平台上的对话，还清楚地看到了"蓝颜"的真容。

吉茜卡将手慢慢地伸向胸前时，"蓝颜"好像突然意识到了什么，立即摆出西格玛家族特有的"冲天指"架势，想再度催发超强蓝光干扰她。

刹那间，西格玛完全看清了“蓝颜”的招式，正是西格玛家族祖传的“第四维度能量集结令”。他和在ICU病房、医院直升机平台上催发超强蓝光，掳走吉茜卡的人，绝对是同一个人。

只可惜，还没等超强干扰蓝光催发，三枚战斧式地对地导弹就以雷霆万钧之势，摧枯拉朽一般将蓝莓庄园夷为平地了。

看到弥漫着硝烟的蓝莓庄园，西格玛心中稍稍松了一口气。那个与蓝莓庄园同时消失的人，即便是爷爷派到地球的卧底，此刻也死无对证了。不过，这种欣慰没有在他心中维持多久，一种更加强烈的不安又涌上他的心头，令他感到阵阵后怕。现在的地球人不能小觑，竟然研制出如此强大的导弹，顷刻间摧毁了几万公顷的庄园，连西格玛家族祖传的超强干扰蓝光，也在对决中显得毫无还手之力。

面对地球人掌握的大规模杀伤武器，属下能不能安全地将伊娃带回来还是个疑问。当然，如果确定选派忠心耿耿、能征惯战的埃它前往，还真有必要给他敲敲警钟。想到这里，西格玛转身看了看埃它，他也被刚才惊心动魄的一幕吓得发愣。

“埃它，地球人可不好惹啊，此行若派你去执行汉娜的命令，你千万要多动脑子，不能蛮干！”

埃它乖巧地伸出左手弯曲的食指表示遵命，然后用祈求的口吻说道："尊敬的西格玛先生，有西塔兄弟陪我同去，您就放心吧。"

中国上海，"大觉计划"特别行动组驻地。

按照A2的指示，A3迅速安排警力对上海所有宾馆酒店进行地毯式调查。不到两个小时，上海迪斯尼宾馆便传来消息，昨天下午6点42分，一对青年情侣持美国护照入住该酒店。男青年叫彼德·赵，23岁；女青年叫伊娃·卢克，25岁。按照登记的住宿信息，他们将在今天中午12点前退房。

A3不敢怠慢，将这个消息报告给A2后，亲自率领一路人马登上警用直升机直奔迪斯尼乐园宾馆。另一路人马由袁主任带领，赶到赵笃甫家中，带领赵亚文夫妇前往迪斯尼宾馆。

北京西山某军事重地。

A2正在宣布移师上海的决定："请各位收拾好行李和随身物品马上出发。军用运输机已经停在基地的特别跑道上。15分钟后，我们乘其直接飞往上海。"

A2的话音刚落，会议室的门开了。胡茜茜一反冰美人状态，面带微笑给A2送来一个红色文件夹。A2打开一看，脸上立刻多云转晴，冲准备出发的专家们招招手，说道："朋友们，好消息，彼德和伊娃找到了。"

上海迪斯尼宾馆。

A3 通过前台和总监控室了解到，彼德和伊娃自从入住宾馆 1710 房间后到目前为止还没有离开。他命令手下换上便衣，在宾馆四周布控，他在宾馆大堂等候袁主任和赵亚文夫妇。他不敢也不便贸然进入彼德和伊娃的房间。

一辆中巴车停在宾馆门前。

首先跳下车的人是赵亚文，他一脸疲惫，浓密的胡楂儿让他显得苍老了许多。袁主任搀扶着依莎贝拉，两位也是素面朝天，一看就知道未化妆就赶来了。

A3 连忙迎上去，拉住赵亚文安慰道："赵博士，别急，让您夫人过来，有些事情我们需要提前沟通一下。"

赵亚文知道，眼前这位拉着他的人一定是这次行动的负责人。他也清楚，这次行动他必须与警方默契配合。

在大堂的候客区，A3 简洁地向赵亚文夫妇以及袁主任交代道："我是这次行动的负责人 A3。请你们放心，两个孩子都在房间内。今天你们的主要任务，就是要安安全全、平平静静地将两个孩子带回家，就像什么事情都没有发生过一样。这几天，我们会在贵府周围警戒，确保两个孩子的安全。北京的主要领导和美方、埃方的专家现在已经在飞往上海的途中。两个小时后，他们会安全降落在上海。在他们到来之前，警方不到万不得已，绝对不会直接出面干预两个孩子。”

赵亚文会意地握了握 A3 的手，说道：“请首长放心。”

说完，他面向依莎贝拉，用食指在自己的脸部画了两圈。依莎贝拉立即领会，提着坤包走进化妆间……

第九十七章　彼德回家

上海迪斯尼宾馆。

依莎贝拉从化妆间出来，本来风韵犹存的她，经过精心化妆以后，似乎完全换了一个人。她清楚，这次去见彼德已经不是看望孩子那么简单，自己将在亲情与道义之间做出抉择。当然，毫不夸张地说，他们正面临着一场直接关系人类的生死存亡的挑战。

赵亚文向 A3 做了个手势，陪同依莎贝拉和袁主任向电梯间走去。

电梯停在 17 层，当电梯门打开时，他

们惊呆了。这哪里是宾馆，分明是一个童话世界。走在长长的走廊中像进入了热带雨林。头顶上，时不时地传来婉转的鸟鸣和犀利的野兽嚎叫声，甚至还冷不丁地窜出一只兔子……他们早年间去过迪斯尼乐园，没想到时隔多年，随着科技发展，迪斯尼会被设计成这样。当然，他们此时无心享受充满童趣的环境，按照一棵古老橡树上悬挂的指示牌，顺利来到1710客房门前。袁主任伸手摁响了门铃。

客房里，彼德和伊娃正躺在床上亲昵地聊天。伊娃一句似真非真的话让彼德陷入深深的迷茫："难道我的青梅竹马玩伴伊娃和眼前这个风姿绰约的女人不是一个人?"

见彼德陷入沉思，伊娃也充满期待地想知道彼德会做出怎样的回答。

正当他们沉默之际，门铃响了，伊娃一骨碌跳下床，准备去开门，却被彼德一把拉住。原来，他们都赤裸着身子。伊娃羞涩地从衣帽柜中拿起一件睡袍披在身上，俯在门镜孔一看，映入眼帘的是依莎贝拉。她没敢立即开门，而是故意高声说道："是妈咪啊，请稍等!"

她转身跑到床前，一边把食指竖在唇前示意彼德不要出声，一边指着卫生间，让彼德赶紧穿好衣服。

赵亚文夫妇听到伊娃的声音后，悬着的心放下大半。至于伊娃让他们在门外稍等，作为过来人，他完全理解，确实需要给他们一点时间拾掇一下。三人不约而同地在门前大榕树树桩上坐下来。

父母突然造访，让彼德和伊娃有点手足无措。他们一起冲进卫生间准备穿衣服时才发现，衣服还浸泡在浴缸里。不得已，彼德披上浴袍，拿起手机才发现，手机关机了。他打开手机后给依莎贝拉发一条短信息：

“妈咪，对不起，我们不小心把衣服都弄湿了，请您到楼下帮我们买两套T恤吧。哦，还有裤子。谢谢妈咪！”

依莎贝拉听到手机发出短信提示音，打开一看，哑然失笑。她把手机递到赵亚文面前，调侃地说道：“呶，你的宝贝儿子有个新指示。”

看到彼德发来的信息，赵亚文苦笑着摇摇头，顷刻间，他又是一脸严肃。如果此时自己离开，一旦发生不测，两个女人怎能应付得了？孩子两次失踪已经让他伤透了脑筋。

“你去吧，我守在这儿。”赵亚文不容置疑地说。

袁主任完全理解赵亚文的心情，她起身挽着依莎贝拉：“我和你一起去吧。”

赵亚文拿起手机，给彼德回复一条短信息：“妈咪已经和袁阿姨帮你们买衣服，你们抓紧时间收拾一下，早点出发，太爷爷惦记你们呢。早饭还没有吃吧？一会儿在下面的肯德基简单吃点儿吧。”

彼德把手机送到伊娃面前，告诉她："我们得抓紧时间了。爹地和袁阿姨也来了，太爷爷还在家等着呢。"

听说门外有那么多人，伊娃调皮地吐了吐舌头。事实上，他们也没有需要收拾的东西，来时两手空空，只是两套湿漉漉的衣服和鞋袜需要费点事儿。

奥密伽 7 星球安全总部。

西格玛和埃它在监控屏幕上看到那个掌握西格玛家族祖传"第四维度能量集结令"的人，竟然在地对地战斧式导弹面前不堪一击，不得不对如何应付地球人重新评估。

突然，埃它指着北京方向的监控屏幕道："尊敬的西格玛先生，北京的那帮人要飞走了！"

西格玛回身看到监控北京的视频，果然有一行人登上一架军用飞机。只是他们此行奔赴何处，画面不能给出答案。

"让他们再来一次'失联'如何？"埃它气得牙根直痒痒。

"埃它，我再三跟你说过，做事要多动脑子！就算你把这帮人一锅端了，对我们有什么益处呢？弄不好对我们执行汉娜的命令还会造成阻碍。再者说，你也看到了，地球人也不好惹啊。别胡思乱想了，密切监视他们的动向。"

埃它伸出左手弯曲的食指表示遵命。正在此时，西塔回来了，他知道西格玛会在第一时间询问事故处理情况，他先耸起双肩，无奈地摇摇头，然后安慰西格玛道：“爷爷，别难为泽它了，那里的设备确实时好时坏，没个准儿，我只能动用储备金，为他多准备几台备用设备，确保淡水、氧气维持供应。但是，一旦能源匮乏，再好的设备也不管用，”

“好吧，孩子，在这个非常时期一定要确保稳定。”说到这里，西格玛突然觉得不放心，转向埃它训斥道：“听到了吧，埃它，这段时间内，你千万别给我惹事！”

因为自己的鲁莽，埃它已经被西格玛敲打多次了。他羞愧地低下头，嗫嚅着回答道：“放心吧，尊敬的西格玛先生，我知道轻重缓急。下次，没有下次了！”

“好的，孩子，我相信你。西塔，彼德和伊娃现在什么情况？”

“我正寻思呢，自从他们参加完寿宴，就像从人间蒸发了一样，监控设备捕捉不到他们的踪影。唯一能对他们有反应的就是泽它那里的设备，只要彼德一动‘让所有学校都消亡’的邪念，我们的设备就遭殃；只要那小子突发奇想，就会大量消耗我们的能源。如果，如果……”西塔吞吞吐吐地不敢继续往下讲。

西格玛意识到西塔有难言之隐，向左右看了看，身边只有西塔和埃它，都是自己人，便鼓励他道：“如果什么啊？现在已经容不得我们有什么妄想了，更不允许我们有不着边际的设想，有什么话你大胆说出来吧，有爷爷给你撑腰！”

“爷——爷爷——”西塔涨红了脸。他知道，这种假想如果是事实的话，即便是西格玛也担当不起。一时间，他的口吃毛病又犯了。

看到西塔满脸憋得通红，又开始犯病，西格玛心里清楚，这孩子急火攻心了。他安抚道：“西塔，别急，坐这儿，慢慢说。”

“是这样，爷爷，我们也许真的千不该万不该把彼德和伊娃放回地球。”

“把他们放回地球，是汉娜的决定。”

听西格玛如此一说，西塔只能无可奈何地摇摇头，招手让埃它靠得更近一些，低声说道：“爷爷，我在泽它那里发现，他真的不容易，只要能源告急，此起彼伏的设备报警声让人几乎崩溃。只要彼德大脑高速运转，泽它那里的设备，尤其海水淡化设备就会报警，大概海水淡化设备最耗能的缘故吧。再就是，再——就是，只要伊娃有想法，我们的监控信息就会出现滞后现象。”

“监控信息滞后，和伊娃有关系？”

西格玛不愿意将这段时期监控信息滞后的原因与伊娃联系起来，更不敢往深处细想。此刻，他只要稍稍有一点联想，就会感到背后阵阵发凉。他抬头看了看西塔和埃它，他们也用惊恐和期许的目光看着他。他们也不敢往深处想，因为在不久前，科研部的首领、汉娜的嫡系罗他将军暗示过他们，关于监控信息滞后的事就别再提了，这关系到女皇家族成员。

“难道，伊娃就是女皇家族成员？”西格玛差一点儿脱口而出。

不过，当汉娜的命令再次在他耳畔回响时，他开始明白了，为什么汉娜要借助女皇之威下达命令，要他派专人去地球，不惜一切代价将伊娃毫发无损地带回来。

西格玛清楚，西塔的推测不无道理，但是，却没有足够的证据支持。即便他掌握了确凿的证据，证明伊娃就是女皇家族成员，他也要责无旁贷地去执行汉娜的命令。想到此，他长叹一声，招呼西塔和泽它：“我们还是商量一下派谁去地球吧！”

上海浦东某军事机场。

一架运－20重型军用运输机安全降落在跑道上。A2搀扶着吴岳先行走下舷梯。当他踏上这片土地的那一刻，一种久别重逢的乡情油然而生。这里是他的故乡，因为戎马倥偬，公务繁忙，他竟然将近半个世纪没有踏上梦牵魂绕的故土了。他抬头仰望，感受到秋日的艳阳似乎威力不减。他下意识地脱下外套搭在胳臂上。

一行人鱼贯登上一辆中型客车，在警车引导下，向上海西郊著名的JJ宾馆驶去。

上海西郊JJ宾馆，在A2儿时的记忆中，就有着一段段神话般的传说。20世纪初，上海曾经号称冒险家的乐园。某洋买办花重金在上海西郊置办了这套地产，后来又被国民政府的一位要员接手改做私家花园。新中国成立后，这里被改建成接待高级贵宾的五星级宾馆。据说，这里有雅致的江南式园林，有世界顶级的客房服务……

听说前往JJ宾馆，A2微微一笑，半认真半开玩笑地问接待官员："去JJ宾馆，走秘密通道，还是走高速？"

接待官员被问蒙了，但还是认真地回答道："报告首长，从高速走。我们已经提前对高速沿线的路况进行严格安检。"

A2也认真地部署道："好的，请你通知宾馆的接待人员，先给我们的专家准备一点儿可口的饭菜，我们已经连续两天没有正经吃过饭了。"

没等接待官员回话，A2又命令助理胡茜茜："立即通知A3。第一，马上报告彼德和伊娃的近况；第二，召集上海主要负责人马上到JJ宾馆参加紧急会议。"

胡茜茜拨通A3的电话。

A3向A2报告："报告A2，我正带着'大觉计划'特别行动队在迪斯尼宾馆值守，赵亚文夫妇和上海市卫计委的袁主任已经前往彼德和伊娃下榻的房间。他们目前还在屋内，请首长放心。”

“A3，我们已经没有任何可以浪费的机会了，不惜一切代价保护好两个孩子的安全！我在 JJ 宾馆等候你的消息。”

上海迪斯尼宾馆。

1710 房间门口，袁主任陪同依莎贝拉下楼给彼德和伊娃购买衣物，留下的赵亚文进也不是，退也不是，毕竟儿子和女朋友赤身裸体在里面。他只能在树桩上坐着，通过衣领上的对讲系统，把实时情况报告 A3。

彼德和伊娃知道父母和袁阿姨在门外，又不能打开房门，只能身穿浴袍，七手八脚地把两套湿漉漉衣服尽量拧干一并塞进洗衣袋中。

调皮的伊娃再次扯掉彼德的浴袍，用兴师问罪的架势数落道：“你还敢再惦记那个‘记忆神器’吗？”

彼德没想到，父母已经“兵临城下”了，伊娃还有心思调皮捣蛋，他只能装着求饶的样子恳求道：“亲爱了，我不敢了，不敢了！”

伊娃一改咄咄逼人的腔调，严肃地对彼德说道：“我知道你一直惦记那些在校苦读的小伙伴。不过，你惦记也可以，从今往后必须把顺序调整一下，先惦记我，再惦记‘记忆神器’。哦，让我们一起惦记它吧。”

“让所有学校都消亡”是彼德的夙愿，见伊娃如此善解人意，他情不自禁地把她揽入怀中，给她一个深情的吻。

门铃再次响了。

彼德轻轻推开沉浸在幸福中的伊娃，走到门口，打开房门。

第九十八章　对决在即

上海迪斯尼宾馆。

依莎贝拉提着两大包衣服推开1710房门。伊娃一下子扑进她的怀中，一面亲吻一面撒娇："妈咪，请原谅，我错了！我太任性，让你们担心了！"

依莎贝拉轻拢她凌乱的长发，慈爱地说道："孩子，妈咪不怪你们，快点儿把衣服换上吧，爷爷、奶奶和太爷爷都在家里等着你们呢。"

见依莎贝拉没有半点儿责怪的意思，

伊娃接过两大包衣服，“哗啦”一下倒在床上。两套印有米奇卡通图案的情侣T恤衫，配上牛仔裤，简直酷极了。伊娃把一套大号的扔给彼德：“还不快点儿谢谢妈咪！”

彼德脸上微红，羞涩而认真地说：“谢谢妈咪，让你们担心了！”

其实，彼德心中感到羞愧的是，自己不辞而别，夜不归宿，以致惹得爸爸、妈妈、爷爷、奶奶和太爷爷担惊受怕。

看到高出自己一头的儿子，依莎贝拉爱抚地托起儿子的脸颊，仔细端详着，没想到仅仅分别了一个晚上，儿子就像变了一个人似的。她突然从包里拿出手绢，轻轻地为儿子将残留在脸颊上的唇痕拭去。

看到依莎贝拉这个不经意的动作，伊娃脸上顿时飞起红晕，拿着衣服飞快地跑进卫生间。

彼德不以为然地问道：“妈咪，什么呀？”

依莎贝拉在彼德的脸颊着轻轻拍了拍，调侃地安慰道：“你的脸都没有洗干净！”

“不会吧，我还没吃早餐呢。”彼德以为面包屑留在脸颊上，轻轻地解释道。

“是啊，还是昨天的，小馋猫！”依莎贝拉慈爱地调侃儿子。

彼德和伊娃换好衣服，依莎贝拉打开房门，对赵亚文和袁主任问道：“让你们久等了，进来坐会儿吧！”

赵亚文见彼德和伊娃身着情侣卡通套装，更显得神采奕奕，欣喜的心情油然而生。他委婉地说道：“我们还是回家吧，爷爷盼着我们早点儿回去呢。”

A3 在宾馆总监控室看到了这一切，用询问的口吻问道：“赵博士，咱们是先回家呢，还是……”

“先回家吧。我爷爷年事已高，别让他担心。”

上海 JJ 宾馆。

A2 推开会议室的窗户，深深地吸了一口江南金秋时节特有的气息，儿时美好的记忆顿时从心底涌起。他想到西火奴鲁鲁岛遭遇奥密伽 7 星人的“惩罚”，人类被删除记忆程序后的悲惨情景，一股莫名的恐惧向他袭来。

他极目放眼窗外，不由得对人类赖以生存的美丽星球产生了更深的眷恋，他觉得肩头那份推卸不掉的责任更重了。

胡茜茜走进来，把专线电话递给 A2。电话是 A3 打来的。

A2 关上窗户，接听电话。

“报告首长，我们已经在迪斯尼宾馆找到了彼德和伊娃，现在正和他们的父母赶往赵笃甫家，然后我会把他们请到 JJ 宾馆。”

“好的，辛苦了，千万不能再发生任何意外。这两个孩子也许就是我们与奥密伽7星人周旋的唯一底牌了。”

“请首长放心，赵亚文、袁主任和我们配合得特别默契，沿途我们也做好了安保工作。”

“注意，你们绝对不能给彼德和伊娃任何压力，更不能给他的家人造成不必要的心理负担。”

“明白，请首长放心。”

奥密伽7星球安全总部。

西格玛已经明白，为什么汉娜要借助女皇之威，让他派专人去地球不惜一切代价将伊娃毫发无损地“带回来”的玄机了。尽管西塔的推测有一定的道理，但毕竟没有足够的证据。如果有确凿的证据证明伊娃就是女皇家族成员，那么汉娜的命令其实就是一道不可违抗的懿旨，他不敢公然抗旨；反过来，如果能成功地执行这个任务，他也将为西格玛家族立下大功，至少能让西塔有资本顺利接他的班，继续执掌安全总部。

事实上，派谁去地球执行任务，西格玛早就盘算好了。尽管如此，他还是用商量的口吻和西塔、埃它说：“我们还是商量一下派谁去吧。”

听到这个敏感话题，埃它先泄气了。刚才他就为这件事和泽它拔剑对峙，差点儿血溅安全总部。现在，即便西格玛用商量的口吻询问，他也没有底气自我推荐。

西塔答道："爷爷，就让我、埃它和代尔他去吧。"

"你们三个就够了？"

西塔的建议与西格玛的想法不谋而合。把伊娃从地球毫发无损地带回来，西塔和埃它完全可以胜任。然而，汉娜的命令中有一项看不见摸不着的任务，那就是删除彼德超越正常人的记忆程序。他们删除普通人的记忆程序应该是轻而易举的事情，但是，彼德毕竟不是普通的人。如果他和伊娃联手，弄不好甚至会引火烧身！

请终端数据库的代尔他和他们同去，一则他是计算机终端数据方面的专家，更重要的是，他也是汉娜的心腹。

见西塔在西格玛面前推荐自己，埃它的底气又足了，冲着西塔和西格玛说道："谢谢二位对我的信任。要我说，启动太空自动巡航器，让我再催发一次超强干扰蓝光，他俩不就顺顺当当地回来了嘛，何必如此大动干戈呢？"

西格玛瞪着埃它，半天不说话。

西塔连忙安慰西格玛："爷爷，我们不会像上次那么蛮干了。埃它，此次行动非同寻常，首先，彼德和伊娃不再是 7 岁孩子，他们已经是拥有第七维度修为的成年人。更何况，在此过程中，汉娜从中做了什么手脚，我们根本不知道，至少伊娃已经不是普通的地球小女孩了。如果她真是女皇家族成员，我们再用简单粗暴的手段，把他们绑架，后果你我都承担不起啊！再者说，伊娃若果真是女皇家族成员，她根本不可能被你那点儿超强干扰蓝光制服的。”

西格玛连连点头称是。埃它对西塔周密的分析更是佩服得五体投地。

见西格玛和埃它认可自己的分析，西塔继续道：“这段时期，我们的监控信息常常滞后，不就是那个女皇家族成员导致的嘛！至于她是不是伊娃，我们还需进一步掌握证据。”

“尊敬的西格玛先生，快看，那两个孩子出现了。”埃它指着监控上海的视频画面喊道。

西格玛转身看到画面中，彼德和伊娃身穿迪斯尼的卡通T恤，跟着安保人员在迪斯尼宾馆前登上了一辆大巴车。

“奇怪，为什么这里竟然是我们的监控盲区，直到他们走出宾馆才出现在我们的监控画面中？”西塔喃喃自语。

“不要探究什么原因了，你和埃它盯紧他们！注意，千万千万不能轻举妄动！”西格玛命令道。

西塔和埃它同时伸出左手弯曲的食指表示服从。

监控屏幕上又出现了黑白相间的闪动条纹，西格玛心中“咯噔”一下。他意识到，监控信息又要滞后了。

上海 JJ 宾馆，三国专家联席会议室。

A2 放下电话，悬着的心始终没有落下。虽说于情于理都应该让彼德和伊娃回家去看看赵笃甫，但是，他担心中间彼德与伊娃再出现意外。他果断地对助理胡茜茜命令道：“马上把鲁大叫来。”

鲁大是随同 A2 从北京同来的警卫队队长，他的任务是确保三国专家的人身安全和联席会议的保密工作。他所率领的特种警卫队队员，个个都是身怀绝技的高手，其中有计算机网络专家，也有武功高强的特种兵。他们不仅通过了几近严酷的体能考核，还按照宇航员的标准接受过严格的心理测试和高难度的抗压训练。当然，他们的装备更是堪称世界一流，有一半是高仿真的铁甲机器人，和警卫队队员组合成最佳搭档。这些铁甲机器人外接雷达监测系统，能根据战场实况智能地做出最佳选择。

此刻，鲁大正守卫在会议室门口。听到 A2 让他进去，他随即走进会议室，对 A2 敬了一个标准的军礼：“首长，请指示！”

“鲁大，从你的警卫队抽调一半力量，配备量子保密系统，立即联系 A3，配合他做好保护彼德和伊娃的工作。”

“是，保证完成任务！。”鲁大转身出去。

会议室内坐满专家。

A2 扫视全场，说道：“朋友们，上海比北京热多了吧？其实，奥密伽 7 星人和我们即将展开的天地对决也在不断升温，我们要做好最坏的打算。”

凯恩教授和奥莉维亚交流一下眼神。他们清楚，在人类生死存亡的关头，中方作为东道主已经做出了最大的努力，然而，仅凭他们作为美国和埃及的参会代表身份，可能在一些重大决策时缺少有分量的表决权。

A2 将目光投向他们：“我们马上就要直面奥密伽 7 星人的挑战了。在此之前，我们必须拟定出一系列应对策略。因此，希望美国和埃及立即选派高级特使到上海，代表国家和我们共同做出应对奥密伽 7 星人的战略计划。”他说完，稍稍停顿一下，直接对凯恩教授和奥莉维亚说道，“二位，希望你们立即把我的建议转达给贵国决策者。”

奥莉维亚起身向 A2 行了个军礼：“报告长官，我的上司‘猎鹰’先生已经向总统特使巴瑞将军提出请求，请求他联手中埃两方共同应对奥密伽 7 星人的挑战。不出意外的话，我应该在一个小时内向您报告最终结果。”

A2 对奥莉维亚的回答十分满意，对她做出“OK”的手势，并示意她坐下。

凯恩教授坐不住了，拿起电话，起身对A2说：“尊敬的A2先生，请给我一点儿时间，我马上联系乌纳斯法老，请他向总统请示，马上选派特使参与战略决策。”

第九十九章　主角登场

上海虹桥国际机场。

停在专用停机坪上的那架绘有美国白头鹰标识的飞机正是经总统特许，送特使巴瑞将军和“猎鹰”来中国的“空军一号”。

几乎同时，一架埃及“皇后号”专机也缓缓驶入专用停机坪，乌纳斯法老在一位少将、一位中将的陪同下走出机舱。

两组专用车队，在警车护卫下，分别接上了巴瑞将军、“猎鹰”和乌纳斯法老一行人直奔上海 JJ 宾馆。

上海 JJ 宾馆。

三国专家联席会议室门前，A2 和所有与会专家把两国总统特使迎入会议室。

“猎鹰”一边礼节性地把巴瑞将军介绍给 A2，一边情不自禁地紧紧拥抱他。

凯恩教授也礼节性地向 A2 介绍了乌纳斯法老和两位随同的将军。

五位鬓角花白的将军，五双布满老茧的大手紧紧地握在一起。他们曾经在战场上叱咤风云，如今却要共同面对来自太空的强大对手。无须多言，身经百战的将军们相互交流一下眼神，分别在会议桌前落座。

A2 开门见山地说道：“衷心感谢两国总统委派特使来到中国，因为时间紧迫，我们就省略那些繁文缛节的外事礼仪，直接进入会议议程吧。首先，我还是要把在座的各位专家介绍给两国总统特使，以便在接下来的会议中相互交流。”

A2 介绍完毕后，三方代表微笑着相互致意。

A2 继续说道：“接下来，我们将商讨两大议题：一是奥密伽 7 星人将和我们摊牌，但是，他们具体什么时间摊牌，将亮出什么样的底牌，还有待我们密切监控；二是奥密伽 7 星人和我们共同关注的彼德和伊娃已经找到了，他们很快就将和我们见面。前不久，他们曾经被奥密伽 7 星人绑架又放回，这里面究竟隐藏着什么玄机，也只有从他们那里才能得到第一手信息。”

说到这里，A2 看了看手表，将目光转向吴岳：“这位是人类记忆学专家吴岳教授，在我们等候彼德和伊娃的这段时间里，先请他把前阶段三国专家联席会议的内容向四位总统特使做个汇报。”

吴岳打开面前的麦克，陈述三国专家联席会议在北京期间讨论的内容。

胡茜茜走到 A2 身边，附耳低声请示：“A3 请示，彼德和伊娃已经回到家中，何时将他们带到 JJ 宾馆。”

A2 简洁地回复道：“马上，越快越好！”

赵笃甫家。

赵笃甫因为惦记彼德，彻夜未眠，连多年来练就的安神八段锦也失效了。他早早起床来到花园内，独坐在紫藤架下。

突然，客厅里有了动静，赵笃甫侧耳倾听，是孙子和孙媳妇在洗漱。他走进客厅一看，赵亚文和依莎贝拉起来了。赵亚文一把扶住赵笃甫：“爷爷，今天您怎么起得这么早啊？”

“唉，两天没见到彼德和伊娃了，他们跑哪儿去了呢？”

赵亚文已经接到袁主任的电话，要他赶往迪斯尼宾馆。于是他一五一十地将实情告诉了赵笃甫："爷爷，您放心，我们马上就去接他们回来。他们贪玩，前天没等寿宴结束就跑到迪斯尼乐园去了，还在宾馆住下了。"

"哦，亚文啊，这都是你们美式教育闹的，去哪儿都不知道向家长告个假。"

"爷爷，您误会他们了——彼德——刚到上海就跟我说过，倒是我忙起来给忘了。对不起，爷爷，让——您老操心了。"情急之下，依莎贝拉用磕磕巴巴的中文向赵笃甫解释道。

依靠依莎贝拉如此解释，赵笃甫也是心知肚明。好在彼德和伊娃有了下落，他可以安心回卧室补觉了。临去卧室前，他叮嘱赵亚文："亚文啊，小吴阿姨还来不及做早餐，你就陪媳妇在外面吃点儿早点再去吧。"

赵亚文原想说他已经和袁主任约好了，又担心过多的解释会节外生枝，只好含糊其词地答道："爷爷，您放心，我会的。"

中午时分，接送赵亚文夫妇、彼德、伊娃以及袁主任的专车停在门口时，一家人的欢声笑语惊动了赵笃甫。

首先跑到门外的是小吴阿姨，她激动得双手不停地在围裙上摩挲着，用浓郁的吴地方言嘟哝着："格俩小囡终于回转了，侬格爷、侬格娘还有好爷、好婆、太公都烦煞了！"

伊娃跳下车，一把搂住小吴阿姨，用刚刚学会的上海方言撒娇道："阿拉想吃饺子，侬包格！"

小吴阿姨长这么大还没有人如此亲热地和她接触，看看高出她一头的伊娃，紧紧抱着她撒娇，竟然涨红了脸。她推开伊娃，转身往院里跑去："马上，马上，我格就和面搭侬包饺子。"

赵亚文却拉住小吴阿姨："小吴阿姨，来不及了。我们马上要和彼德、伊娃去开会。"

赵步蟾和赵笃甫来到门口迎接彼德和伊娃，听到赵亚文的话，都怔怔地有点不敢相信。

赵笃甫沉下脸，严肃地问道："怎么啦，刚回来也不让孩子吃点儿东西，又要去开会？"

赵亚文说："爷爷，刚才接到领导的通知，让我跟他俩一起参加一个重要会议。开完会我就带他俩回来。"

"什么会议这么重要？我这两个刚刚订婚的曾孙还没有玩痛快呢！"赵笃甫极力挽留。

赵亚文也不清楚要参加什么会议。他嗫嚅地解释道："大概是与继承中华文化遗产相关的会议吧。"

这句话切中了赵笃甫的要害。如果说他历经人生百年，还有什么遗憾的话，就是对于儿子、孙子不能将赵家世代相传的中医养生精华理论与医术传承下去。

赵笃甫听罢欣然同意，甚至提出来："这么重要的会议，我也该去旁听。"

"赵老先生，中华文化遗产的传承涉及许多领域，等下次专题讨论中医养生时，一定邀请您老参加。”袁主任顺着赵亚文的思路帮腔。

彼德和伊娃心领神会地走向太爷爷、爷爷和奶奶身边，和他们深情拥抱后，和父母一道登上前往 JJ 宾馆的专车。

上海 JJ 宾馆。

A2 接到 A3 的汇报：“我们已经从赵笃甫家出发，20 分钟后到达宾馆。”

A2 看了看吴岳，他正在向总统特使介绍三国专家联席会议的情况。他拿起案头的信笺，迅速写下一句话推到吴岳面前：“控制时间，20 分钟后彼德、伊娃到达。”

吴岳瞥了一眼信笺，点了点头，继续他的讲述。

彼德、伊娃在父母的陪同下来到 JJ 宾馆。A3 将他们安排在贵宾室休息后，径直推开会议室的房门。

A3 向所有与会专家行了一个标准的军礼，面向 A2 请示道：“报告首长，彼德、伊娃正在贵宾室待命，请指示。”

A2 对 A3 挥挥手，指指他右边的空位示意他先入席。

接着，A2 用询问的目光扫视全场，最后将视线落在巴瑞将军和乌纳斯法老脸上：“朋友们，主角将要登场了，我们开始吧！”

众人用眼神迅速做一个交流，纷纷点头。

A2 向胡茜茜招招手，示意她把彼德、伊娃、赵亚文夫妇和袁主任请到会议室。

会议室的房门打开，彼德和伊娃出现在众人面前。伊娃一头金色的披肩鬈发，性感地散落在白皙的胸前。一双碧蓝的眼眸，顾盼生辉；彼德英俊潇洒，一头乌黑的短发，一看就是典型的华裔混血青年。他们下意识地十指相扣，在门口稍做停留，扫视一下会场。

他们的出现引来全场与会专家的诧异目光。他们不敢相信，眼前这两位青年，一个是传说中具有超强记忆能力的彼德，他的超强思维竟然导致奥密伽 7 星球能源短缺；这位女青年就是号称宇宙霸主的奥密伽 7 星球女皇家族成员？难道她就是要毁灭人类、删除人类记忆功能的奥密伽 7 星人？

赵亚文、依莎贝拉和袁主任跟随彼德和伊娃走进会议室时，所有专家都站起来，为他们送上真诚的掌声。

在胡茜茜的引导下，彼德和伊娃并肩坐在会议桌的一侧，赵亚文夫妇和袁主任被安排在 A2 身后沙发上旁听。

A2 将目光转向彼德和伊娃，开门见山地说：“很高兴在这个特别的时刻见到你们！因为时间紧迫，我就不讲客套话了。我想先和伊娃说几句话，可以吗？”

彼德和伊娃一起点点头，但是 A2 看得出来，伊娃的眼神中闪过一丝惊恐。

A2 用长者慈爱的语气对伊娃说道："伊娃，别害怕，我们都知道你是一个好孩子。"

听到这句话，伊娃感到眼前这位长者的话语中充满了慈爱，她再次真诚地点点头。

A2 也从她的眼神中感受到，她不再惊恐，对他接下来要说的话充满期待。他干脆挑明说道："伊娃，你是奥密伽 7 星人派到地球的卧底，我们早已知道了。但是，我们相信，你不会做出背叛人类的事，因为你深爱着彼德，深爱着你的父母和爷爷！"

自从被外星人绑架归来后，彼德的确发现伊娃身上出现许多微妙的变化，但是，要说她是奥密伽 7 星人派到地球的卧底，他无法相信。

伊娃和他青梅竹马，共同面对过死亡与威胁，而且她已经成为他的未婚妻，怎么可能被奥密伽 7 星人收买，成为他们的卧底？这是万万不可能的事儿！

他转身把双手按在伊娃的双肩上，脱口说道："这不可能，不可能！伊娃，我要你告诉大家，你不是奥密伽 7 星人派到地球的卧底！"

第一百章　公主吐真

上海 JJ 宾馆三国专家联席会议室。

当 A2 开门见山地向伊娃挑明时，伊娃却显得特别平静。彼德双手按在伊娃的肩上，瞪大眼睛吼道："伊娃，你告诉大家，你不是奥密伽 7 星人派到地球的卧底!"

一股热泪从伊娃的眼角涌向脸颊。她仰着头，深情地望着彼德，一时间不知道如何作答。

A2 没有想到彼德会有如此强烈的反应。他起身走到彼德身边，轻轻挪开他按在伊娃肩头的双手，对他说道：“彼德，你是特别优秀的好孩子！我和你爷爷是同学，我也把你当成自己的孙子一样看待。你现在的心情我十分理解，但是，请你不要过于激动。在关系到人类生死存亡的紧要关头，你冷静一点儿，仔细听下去。”

见彼德的怒气逐渐消退，A2 对伊娃继续说道：“听我说，伊娃，如果你不是奥密伽 7 星人派到地球的卧底，为什么奥密伽 7 星人在与我们做一个了断时，提出来的唯一要求是‘将你带回奥密伽 7 星球’呢？”

伊娃的眼泪顿时像决堤的洪水夺眶而出，喃喃地说道：“不是，不是这样的……”

彼德轻轻地捧起伊娃脸颊，鼓励道：“伊娃，你告诉大家，你不是奥密伽 7 星人派到地球的卧底！”

彼德用充满期待和信任的目光看着伊娃，鼓励她当着大家的面，自证清白。

“请别叫我伊娃！我——是卧底，我不是——你的伊娃！”

伊娃突然擦干泪水，平和而冷酷地说道。她的话，让全场人感到震惊，也陷入了迷茫。

这是彼德无法接受的事实。自从回归地球后，虽然这个女人身上出现种种反常，但是，他感受更多的还是伊娃孩童时期与他相处时留下的点点滴滴。难道，世界上还真有一个与伊娃如此相似的女人？面对事实，他不由得想起昨天他们在迪斯尼宾馆内缠绵后“伊娃”奇怪的问话。“彼德，你喜欢我，还是喜欢伊娃？”“要是一定让你在两个当中选一个呢，你选谁？”

联想到这些诡异的问话，彼德突然觉得眼前这个女人应该是卧底无疑。她刚才也承认了这一点。那么伊娃现在在哪里呢？

赵亚文和依莎贝拉闻言大惊失色，不约而同地站起来，试图走近伊娃问个究竟。

A2 走向赵亚文和依莎贝拉，安抚他们坐下：“赵博士，依莎贝拉女士，少安毋燥！”

彼德再次站起身，双手紧紧按在“伊娃”的肩头，生怕她从眼前立即消失似的，大声问道：“你究竟是什么人？伊娃现在在哪里？”

“伊娃”没有直接回答彼德的问题，娇嗔地推开彼德的双手：“你弄疼我了！”

见彼德几乎失控，袁主任站起来：“彼德，你冷静点儿，有话好好说。她能在这么多人面前向你袒露心声，是因为到目前为止她还是你的未婚妻啊！我看得出来，你们是真心相爱的！”

“伊娃”听袁主任这么说，顿时红晕飞上脸颊。

彼德也觉得刚才自己有些粗鲁，向“伊娃”真诚地道歉：“对不起，我真的希望你把所有真相都能告诉我。现在已经不是你我之间的个人私情和恩怨了，是整个人类将面临灭顶之灾!”

A2见彼德已经理性地对待目前的突变、自己和“伊娃”之间的关系，他以长辈的身份慈爱地对着两个年轻人说道：“伊娃，我现在权且还这么称呼你。在没有弄清楚你的真实身份之前，你在我们心目中还是彼德的未婚妻伊娃。尽管你已经承认自己是奥密伽7星人派到地球的卧底，也承认你不是伊娃，你知道你的存在与你的真实身份，以及你的使命对人类来说，意味着什么吗?”

“伊娃”瞪着浸满泪水的眼睛，使劲地点点头，开始讲述她的真实身份。

“我是奥密伽7星人，真实的名字叫伊拉。我的使命——使命——”

说到这里，伊拉低下羞红的脸，抿着嘴，思忖着如何说明这一切。的确，对于一个处女而言，在大庭广众之下说出自己的隐私，确实需要十足的勇气。但是，个人隐私相对于人类生死存亡而言，又显得微乎其微。

她鼓足勇气继续说道：“我的使命——使命——就是爱上彼德，和彼德结婚生子……”

听到伊拉的讲述，A2扫视一下乌纳斯法老、凯恩教授、巴瑞将军、“猎鹰”和A3等人，最后将目光停留在吴岳脸上。

两人对视了几秒钟，同时点点头。吴岳说：“谢谢你，伊拉，谢谢你的坦诚，也谢谢你坦诚地为我们解开了困扰我们多时的疑团。”

吴岳的话让所有与会者一时转不过弯来，大概只有A2 明白他的弦外之音。

见大家一脸茫然，A2 补充道：“各位，真的要感谢伊拉的坦诚。其实说穿了，我们当初三个国家之间有意无意的竞争，以及现在奥密伽 7 星人与人类的矛盾，就是为了达到同一个目的——得到彼德身上已经破解奥密伽 7 星人植入人类体内的记忆遗传基因密码的特种基因！

“美国不愧是超级科技强国，他们早已捷足先登，不过他们替他人作了嫁衣！”

“猎鹰”和巴瑞将军听罢，难为情地尴尬一笑。

现在彼德心中只有一个挥之不去的念头，那就是伊娃在哪呢？他再也忍不住了，做了一个深呼吸，调整好情绪，问道：“伊拉，请你真诚地告诉我，伊娃现在在哪里。”

伊拉看到眼前用情专一的彼德，再次确信自己的决定是正确的，也是值得的。她欣慰地给彼德一个微笑，同时也用征求的眼神看着 A2。

看到伊拉用祈求的眼神看着自己，A2 也清楚，彼德的问题已经不是他个人的问题，甚至关系到这次会议最终将做出什么样的决策。

他不仅向伊拉点头，而且招呼大家：“各位，让伊拉向我们介绍一些奥密伽 7 星人的相关情况吧。”

得到A2的首肯，伊拉直视着彼德回答道："你的伊娃现在很好！"

她故意将"你的"两个字加重语气，语气中带着浓浓的醋意。

"不过，她现在在第七维度空间内。这么说，也许你们很难理解，因为在你们的概念中，顶多是四维空间。如果用我们的思维模式解释，从严格意义上讲，你也不是真正的彼德！真正的彼德和真正的伊娃都在第七维度空间内，你们还是青梅竹马的好朋友。"

伊拉的解释，让在座所有人感到不可思议。尤其是几位顶级的科学家，对于宇宙间的第七维度，他们还是第一次听说。不过，他们相信，仅凭人类掌握的有限的科学知识和技术，宇宙中存在着太多的未知了。

彼德再次追问道："我也不是我？"

"对，我讲的是严格意义上的你。事实上，自从上次你和伊娃被绑架后，奥密伽7星人就将你们寄养在第七维度空间，那是奥密伽7星人培育优良物种的基地。在那里，将完全模拟地球上的生态环境，让你和伊娃正常生活、正常成长，尽管你可以不用上学，你的那位傻妞伊娃还得照常读书学习。只不过，你们的一年，在我们那里只是几十分钟而已。"

伊拉的描述将所有人带到一个奇异的宇宙空间。所有人瞪大惊奇的眼睛，静静地听她讲述。

“当然，等到你们真正成为成熟的男性和具备生育能力的女性，还需要很长时间。我们等不及了，于是将7岁的你和伊娃留在第七维度空间，将23岁的你和我送回地球。当我接到这个任务时，按照地球纪年，我已经25岁了。这也是为什么通过你们那些科学手段和仪器的检测，在我们护照上分别登记了不同年龄的缘故。”

“这么说，每个地球上的人，在不同年龄段，都存在于宇宙中不同维度空间里喽？”吴岳对伊拉的讲述表现出极大的兴趣，连忙插话。

“是的，老爷爷！您大概快一百岁了吧？如果您能进入我们的光子飞碟，再穿越若干个维度空间，一定还能看到风华正茂的您。当然了，您还可以在某个维度空间看到一百年前您在襁褓中的样子。”伊拉的解释缓和了现场的紧张气氛。

彼德严肃地问道：“你说你不是伊娃，为什么我和伊娃童年时的所有经历你却了如指掌呢？”

见彼德如此认真严肃，伊拉失声大笑。她以奥密伽7星人特有的优越感回答道：“这太简单了，因为我曾经花了一点时间做些功课，看完了伊娃和你走过的人生旅程的三维影像。”

“你看过我和伊娃走过的人生旅程的三维影像？”彼德诧异地张大嘴巴，喃喃地重复着伊拉的话，仔细评估这句话的真伪。

见彼德有疑虑，伊拉继续轻松地说道："请你别诧异，你和伊娃只是地球上7岁的孩子，你们短暂的人生对于奥密伽7星人来说，只是几个小时的三维影像资料。在假扮伊娃前，我花点儿时间看一遍你们人生的三维影像资料还是应该的。当然啰，我不像你能继承祖辈的智慧，但记住你们短暂的人生经历，对我来说还是轻而易举的事。"

这一回，几乎所有人都感到不可思议。

A2不失时机地提出了核心问题："奥密伽7星人以放你回去为前提，作为不删除人类记忆程序的交换条件，你们能信守诺言吗？"

"完全能。事实上，我们采取极端的手段删除人类的记忆程序，也是两败俱伤的做法。因为，在我们奥密伽7星球上，所有的能源供给都依赖人类生前积累的智慧。只不过，在彼德破解了人类记忆遗传基因密码后，反向消耗了奥密伽7星球能源。更可怕的是，他甚至还想设计制造出更耗能的'记忆神器'。如果任其发展下去，奥密伽7星球将面临能源枯竭的危机，甚至连生存都将难以为继。"

伊拉的话再次激发出彼德心中的诉求。他站起身，慷慨陈词："为什么我们人类出生时大脑中都是一片空白？为什么人类需要周而复始地从一生中拿出三分之一时间甚至花费一生的时间来学习？为什么那么多的学生迫于学习压力采取极端的方式终结自己的生命？为什么我们不能将祖辈的智慧作为遗产传承?”

“彼德，正因为你动了奥密伽 7 星人的奶酪，惹怒了他们。伊拉不是讲了嘛，奥密伽 7 星人完全依赖地球人生前积累的智慧作为能源，也正因为如此，奥密伽 7 星人才不惜代价，依靠他们潜伏在地球上的卧底，而这些卧底通常是一些位高权重的大人物，不断地发动战争，其真正目的就是要让人类大规模地死亡，以便他们获取更多的智慧能源。” A2 不得不将实情全盘托出。

一丝不易觉察的羞愧之色从乌纳斯法老的脸上滑过。他抬起头，看看身边的凯恩教授，想起他对凯恩教授授予的遗嘱，心里获得一丝安慰与平静。

彼德转念一想，一连串担忧又油然而生。正当他想继续追问伊拉时，A2 却先发问了。

“伊拉，照你这么说，奥密伽 7 星人不仅希望你安全地返回吧？把我们这位已经破解人类记忆遗传基因密码的彼德留在地球上，终将对你们还是一大威胁吧？按照这个逻辑推理下去，我担心，即便我们将你毫发无损地送回奥密伽 7 星球，你们也未必善罢甘休吧?”

A2 的分析又让现场所有专家和特使感到震惊。同样，彼德也顺着 A2 的思路迅速推演，奥密伽 7 星人将会如何处置自己。

伊拉完全接受 A2 的分析与判断，她转身紧紧握住彼德的手，斩钉截铁地说道：“我绝对不会允许他们对你有一丝一毫的伤害！我也将尽我所能，保护地球和人类的安全！”

所有人为伊拉能如此重情重义感动，但是，他们质疑她凭什么做出如此重大承诺。

天边已经泛出鱼肚白，一抹嫣红的朝霞把东方的天空染得绚丽多彩。

一位全副武装的警卫推开门，将一个红色文件夹送到 A2 面前。

A2 打开一看，脸色突变……

第一百〇一章　共赴危难

上海 JJ 宾馆，三国专家联席会议室。

让 A2 脸色突变的是一份来自贵州“天眼”刚刚破译的情报。这是奥密伽 7 星球女皇亲自签署，自太空发往地球的檄文：

地球生灵：

鉴于人类贪婪、自私、极度膨胀，已经对宇宙安全和你们赖以生存的星球埋下诸多隐患，长此以往终将自取灭亡。为维护宇宙之安宁，也为拯救地球之人类，谨约定如下：

时间：按照地球计时——两周后。

地点：按照地球定位——北极。

人员：能够代表人类的决策者，请随同伊拉、彼德按照上述时间、地点同时出席。

勿谓言之不预，否则，后果自负！

这是奥密伽7星人给人类发出的最后通牒。

A2如实将这个情报向与会者做了通报。

他用询问的眼神看着彼德和伊拉："二位，这是一份不容商洽的霸王'邀请函'。你们也被奥密伽7星人点名，表个态吧。"

彼德不知所措地望着伊拉，她是奥密伽7星人的第一目标。

伊拉站起身，说道："敬爱的各位长辈，亲爱的彼德，请你们不要把我当成可耻的奥密伽7星人派到地球的卧底。"

伊拉的蓝色眼眸中充满晶莹的泪花，略略停顿，深情地说道："很荣幸，我有机会在这颗美丽的星球上生活了一段时间，特别要感恩的是，有亲爱的彼德形影不离地相伴，还有令人尊敬的太爷爷、爷爷、奶奶和亲爱的爹地、妈咪的陪伴，让我有了一个新的感悟。"

说到这里，伊拉像在斟酌，用视线真诚而缓和地扫视现场所有人，在确认每个人都在认真聆听时，她一字一句地说道："我可以明确地告诉你们，奥密伽7星人想要的东西，包括你们想要的东西，就目前能采取的常规办法而言，应该都是徒劳的！"

她的一番话语惊四座，令所有人都感到意外。然而，更令人意外的话还在后面。

"据我的观察与感悟，彼德之所以破解了人类记忆遗传基因密码，绝对不是偶然！"

虽然她使用的是推断语气，但是，这种推断却有着一种震撼的力量，不得不让在座所有人仔细回味与推敲。

伊拉接着娓娓说道："奥密伽7星人在人类体内植入记忆遗传程序时，就存在着他们也无法弥补的漏洞，那就是人类经过三代人严谨的修行，第四代人就会破解这个程序的密码，突破它的限制。

"我在与彼德和他的家人朝夕相处的日子里，让我深深感悟到的是，他们一家人对自己都有严格的要求，无论做人还是处事。赵笃甫把中庸之道做到极致；赵步蟾无欲无求，淡定从容；赵亚文敢于担当，睿智与博爱。这三代人，不追求外在的物欲满足，注重内心的充盈。不以物喜，不以己悲。随缘随遇，荣辱不惊。"

经过三代人不经意的修行，彼德自动破解奥密伽7星人的程序是一种必然的结果。人类记忆遗传学家吴岳听得出了神，甚至想到，"古人云，三代出一个贵族，难道还有这层意思？难道通过修行，获得无限能力也是真的？唉，人类被物欲限制，只相信技术，却忽略了本能。”

伊拉站起来，用地道的中文即兴赋诗一首：“要说人类的智慧能不能作为遗产传承，正所谓：茫茫天数何处求，世道兴衰不自由。万万千千说不尽，欲问天机归来休。”

伊拉作七绝一首，为此做了总结，也侧面回答了 A2 的提问。

吴岳击掌称赞道：“精彩！有道理，你的分析令我等彻底大悟大觉！这才是真正破译彼德能够传承先辈记忆遗产之谜的玄机之道！也可以这么认为，决定彼德传承前辈智慧不完全是取决基因突变，更主要的因素是他的先辈如何要求自己！”

伊娃说：“谢谢您的夸奖！如果让我回答 A2 先生的问题，我只有一句话，我爱彼德！我的选择也只有一个，那就是为了宇宙的和平与安宁，我愿付出一切！”

两周后。

北极冰川下。

A2、巴瑞将军、乌纳斯法老带着彼德和伊拉走下“鲲鹏号”水陆空三栖科考船的舷梯。

凯恩教授、A3 以及“猎鹰”等人站在船舷边注视着。

迎着刺眼的极光，他们清晰地看见奥密伽 7 星人的一架银色圆形飞碟般的宇航器早已降落在冰川下。

身着红色制服的西塔、身着黄色制服的埃它、身着黑色制服代尔他正注视着他们的到来。

西塔简短地发出命令："请立即交出伊拉!"

伊拉慢慢走向宇航器，出人意料地用奥密伽 7 星人的语言大声喝道："＊&……% ¥ #@ !! #% & ＊"

一行人通过同声传译听到了伊拉的话，简直不敢相信她的语气竟然更加蛮横，更不敢相信她所说的内容。

伊拉话音未落，三位奥密伽 7 星人迅速走下宇航器，毕恭毕敬地匍匐着来到伊拉身边。他们出发前，没人告知他们伊拉的真实身份，只是命令他们将伊拉毫发无损地带回奥密伽 7 星球。

A2 一行人通过同声传译器听到他们的对话内容："尊敬的公主殿下，请宽恕我们无知，有眼不识金镶玉，怠慢了公主。我们奉法相汉娜之命，迎接尊驾返回奥密伽 7 星球!"

"公主殿下?" A2 等人愣住了，仿佛被北极零下八十多度的气温迅速冻僵一样。难道伊拉竟然是奥密伽 7 星球女皇的孙辈公主殿下？拥有如此尊贵的身份，她为何要下嫁一个普通的地球人呢？正当他们百思不得其解时，伊拉却用流利的中文大声说道："请你们转告女皇祖母和法相汉娜，我不想返回奥密伽7星球，我要留在地球，我要和我的丈夫彼德一起生活！”

伊拉说完，热切地跑到彼德身边，紧紧地挽住他的手臂，将头倚在他的肩头。

A2等人和彼德听到伊拉的决定面面相觑。

西塔为难地向前匍匐了几步，恳求道：“公主殿下，请您看在西格玛家族世世代代为女皇效忠的份上，别再为难我们了！您的要求我们不敢转达给尊贵的法相汉娜，更不敢向至高无上的女皇禀报。此刻，法相汉娜和女皇正关注着我们一言一行，请公主直接与法相汉娜和女皇陛下禀明吧！”

“好吧，就让我直接告诉汉娜吧！”

代尔他迅速接通了法相汉娜的通信系统。

很快，从银色的金属箱子里传来一个浑厚的女中音。她虽然用奥密伽7星人语言陈述，现场所有人还是能感受到威严与冷酷：

“伊拉公主殿下，你虽贵为女皇之孙，但是，此行派你前往地球执行的是一项事关宇宙霸主前途的绝密计划！请你以大局为重，不要儿女情长，更不要贪色寻欢而忘记你尊贵的身份和重大使命！”

“尊敬的法相汉娜，我的祖母对我都是百依百顺，难道你还敢违背我的意愿不成？”

对方沉默了。

伊拉的一席话吓得西塔三人直哆嗦，匍匐着连头也不敢抬起来。

沉默……

北极的阳光通过晶莹的冰峰折射，形成美丽而诡异的光环，笼罩着每个人的头顶。不管他们的头部换到什么角度，似乎都很难回避强烈的阳光。

突然，一阵超高频的噪音从金属箱子里持续发出来，让地球人的听觉受到极大的刺激，甚至感到惶恐。不一会儿，另一个战抖但更加威严冷酷的声音传来：

“孩子，你越来越像你母亲了！她是怎么被发配到火星的，你应该不会忘记吧？难道你要重蹈她的覆辙吗？”

“祖母，请恕我冥顽。我心已决，请祖母成全！”

又是一阵沉默……

这次，西塔三人几乎诚惶诚恐地五体投地。

“尊敬的祖母大人，您说对了，您就是把我发配到更加荒凉更加严酷的星球去，我也不会改变我的决定。”

还是沉默……

“好吧，伊拉，只要你不后悔，我成全你！”

“谢谢祖母，还请您信守诺言，不能因为我没有返回奥密伽 7 星球而加害人类。”

女皇长叹一声，喝令道：“西塔，按珈玛计划的蓝色部分执行！”

西塔诚惶诚恐地站起身，摁动了身边的遥控装置。顷刻，宇航器一侧延展出一条长长的黑色通道。

西塔谦恭地向伊拉示意，请她立即做出最后的决定。

伊拉知道珈玛计划的几个关键条款，她一边向西塔伸出左手弯曲的食指表示认可，一边深情地拥抱彼德后，把他拉到A2、巴瑞将军和乌纳斯的面前：“尊敬的各位首领，我的祖母和法相汉娜尊重我的选择，同意我留在地球与彼德一起生活，也同意放弃删除人类记忆程序的计划，但是，需要我们答应两个条件。”

“什么条件？”A2问道。

伊拉解释道：“第一个条件，必须剥夺我奥密伽7星人的身份；第二个条件，必须让彼德经过那条长长的超光速黑洞，删除他大脑中的记忆程序，否则他们将执行珈玛计划中的红色部分，也就是删除人类的记忆程序。”

A2等人和彼德正想商量对策时，银色金属箱子中传来警告：“你们的时间不多了，按照你们的计时方式只有三分钟。请看，这是我们珈玛计划中红色部分的小序曲，就算是给你们准备的一份小礼物吧。”

所有人顺着西塔指引的方向放眼望去，原本耀眼的阳光变得更加刺眼，虽然他们身处零下八十多摄氏度的北极，但阳光照在身上却感到炙烤般炽热。远处的冰山在如此强烈的阳光照射下，迅速崩塌瓦解。巨大的冰山山峰发出震耳欲聋的断裂声，崩塌于海水之中。一阵呼啸的暖风让海水掀起排排巨浪，向冰川滚滚袭去。

银色金属箱子中又发出嘲弄的警告声："看到了吧，三分钟之内，你们再不做出选择，北极的冰川即刻全部融化，让地球成为一片沼泽！"

彼德眼含热泪，深情地拥吻伊拉后，义无反顾地向超光速黑洞的舷梯走去。

就在舱门关闭的一刹那，伊拉突然感觉一股强大的电流击穿全身。彼德在黑洞中痛苦的体验让她感同身受，也是她的奥密伽7星人身份被褫夺的切肤之痛。

当超光速黑洞的舱门再次打开时，彼德像蹒跚学步的孩子一般，双手扶着栏杆艰难地试图走下来。

见此情景，巴瑞将军快步上前，搀扶着彼德走下舷梯。

西塔三人立即登上宇航器，在轰鸣的引擎声中，宇航器收回超光速黑洞，喷出灼日般的火焰，腾空而起，飞向太空。

一阵寒风吹来，众人抬眼望去，刺眼的阳光恢复到原来的样子，坍塌的冰山变成断壁残垣，不再融化。

伊拉和A2上前接应彼德和巴瑞将军。

伊拉像依莎贝拉一样，一只手搀扶着彼德，一只手轻轻地摩挲着他的肚子，温柔地对他说："亲爱的，看来，你得和儿子一道从牙牙学语开始了。"

闻听此言，A2、巴瑞将军、乌纳斯法老立刻围上来，三双手紧紧地握在一起。

A2 意味深长地说："看来，人类追寻记忆遗产的梦想还将继续！"

2015 年 5 月起稿于美国洛杉矶。

2016 年于创作于北京、镇江。

2018 年 4 月全书完稿于镇江。

2018 年 5 月终审于美国洛杉矶。

2018 年 9 月再审于苏州太湖之畔。

2018 年 12 月定稿于镇江。